무심하게 산다

わたしの容れもの

角田光代 著

株式会社 幻冬舎 刊

2016

WATASHI NO IREMONO

by Mitsuyo Kakuta

Original Japanese edition published by Gentosha Inc., Tokyo.

わたしの容れもの

무심하게 산다

가쿠타 미쓰요 지음 · 김현화 옮김

북라이프
booklife

옮긴이 **김현화**

번역도 예술이라고 생각하는 번역예술가. '번역에는 제한된 틀이 존재하지만, 틀 안의 자유도 엄연한 자유이며 그 자유를 표현하는 것이 번역'이라는 신념으로 일본어를 우리말로 옮기고 있다. 현재 바른번역에서 전문 번역가로 활동 중이다. 역서로는 《18년이나 다닌 회사를 그만두고 후회한 12가지》, 《운을 지배하다》, 《나를 소중히 여기는 것에서 인간관계는 시작된다》, 《업무의 잔기술》, 《사라지지 않는 여름에 우리는 있다》 등이 있다.

무심하게 산다

1판 1쇄 발행   2017년 3월 25일
1판 6쇄 발행   2019년 3월 30일

지은이 | 가쿠타 미쓰요
옮긴이 | 김현화
발행인 | 홍영태
발행처 | 북라이프
등   록 | 제313-2011-96호(2011년 3월 24일)
주   소 | 03991 서울시 마포구 월드컵북로6길 3 이노베이스빌딩 7층
전   화 | (02)338-9449
팩   스 | (02)338-6543
e-Mail | bb@businessbooks.co.kr
홈페이지 | http://www.businessbooks.co.kr
블로그 | http://blog.naver.com/booklife1
페이스북 | thebooklife
ISBN 979-11-85459-70-7   03810

세월에 맞서기보다는
지금의 나와 사이좋게 살아가고 싶다.

이 책은 월간지 《세이세이쿄》 2012년 9월호(NO.176)부터 2013년 11월호 (NO.190)까지, 웹사이트 '겐토샤 plus'에서 2013년 11월부터 2015년 4월까지 연재된 글을 가필·수정한 것입니다.

"요즘 들어 기름진 고기는 입에 대지도 못하겠어. 회를 먹을 때
도 붉은 살은 영 안 먹혀서 흰 살만 찾게 되네."
"계단을 오를 때면 숨이 어찌나 차는지 몰라."
"감기에 걸렸다 하면 도통 떨어지질 않네."

사람은 나이에 따르는 변화를 유쾌하게 이야기한다. 유쾌하게
말하지 않을 때도 있지만, 어딘지 모르게 기분이 좋아 보인다. 아
니 좋아 보였다. 내가 20대 무렵의 일이다. 기분이 좋아 보이고
왠지 뿌듯해하는 것 같다고 생각하며 젊은 날의 나는 어른들의 이

야기를 듣고 있었다.

　20대의 나는 어른들이 말하는 그 변화가 두려웠다. 육류와 기름진 음식이라면 사족을 못 쓰던 나는 마블링이 들어간 고기보다 살코기를 선택하게 되는 것이, 회라면 흰 살만 찾게 되는 것이, 그리고 감기에 걸렸다 하면 질기게 오래간다는 것이 두려웠다. 숨이 차거나 걸려 넘어지는 쪽은 10대 때부터 그랬기에 딱히 두렵지 않았다.

　그 이후부터 나는 내 몸에 그런 변화가 언제 일어날지 내내 조마조마해 했다.

　그러나 30대에 들어서고 서른다섯이 넘어도 변화는 찾아오지 않았다. 나는 여전히 갈비와 기름진 스테이크를 좋아하고 도미보다 참치를 선호했으며, 참치라 하면 살코기보다는 뱃살을 좋아하고 감기도 어지간해서는 걸리지 않았다. 게다가 서른셋에 복싱 체육관에 다니기 시작하고 서른일곱에 러닝을 시작하자 젊을 때보다 체력이 훨씬 좋아졌다. 20대 시절의 나는 아무리 멀리 돌아가더라도 엘리베이터로 움직이고 계단은 웬만해선 이용하지 않았지만, 30대에 들어서자 마침내 계단을 자주 이용하게 되었다. 넘어지는 일도 숨이 차는 일도 20대 때보다 줄었다. 이대로 변화가 찾아오지 않는 건 아닐까. 마블링이 들어간 고기와 튀김, 참치 뱃

살이라면 사족을 못 쓰고, 감기를 모르는 튼튼한 할머니가 되어가고 있을지도 몰랐다. 그렇다면 얼마나 멋진 일일까.

40대가 찾아왔고 마흔다섯이 되었다. 나는 한창 중년을 보내고 있었다.

그리고 마침내 변화가 찾아왔다. '어라' 하고 생각한 것은 4년 전. 마흔을 넘어서 나는 처음으로 두부가 맛있다는 생각이 들었다. 두부를 맛있다고 느끼는 것은 내가 줄곧 우려하던 변화였다! 올 것이 왔구나! 하지만 기름진 고기도 여전히 좋아했다.

내가 염려했던 건 예전 같으면 영 아니던 A가 좋아지고 사족을 못 쓰던 B는 입에도 못 대게 되는 상황인데, A도 B도 맛있게 먹을 수 있게 되는 것은 변화라고 받아들여도 괜찮은 걸까.

그렇게 갈피를 잡지 못하다가 작년부터 나는 기름진 고기보다 살코기를 찾아서 먹게 되었다. 튀김도 참치 뱃살도 여전히 좋아하지만 선호하는 육류가 바뀌었다는 사실은 나에게 있어서 엄청나게 큰 변화였다. 기름진 고기가 정말로 먹기 버거워지는구나. 그렇게나 우려했는데 막상 겪어보니 염려하는 마음은 사라지고 마냥 감탄하기 바빴다.

생각해보면 눈에 띌 정도는 아니지만 나이는 역시 서서히 변화를 가져오고 있었다.

언제부터인가 밤을 새우지 못하게 되었다. 예전에는 곧잘 외우던 것도 외우기 힘들어졌다. 그리고 바로 생각나던 것도 시간이 조금은 걸리게 되었다.

여간해서는 체중도 줄지 않는다. 한 끼를 거르거나 운동을 격렬하게 하면 예전에는 체중이 금세 줄었다. 하지만 지금은 그런 일이 없다. 오싹할 만큼 일정하다. 신기한 것은 줄어도 이튿날이면 일정한 수치로 금방 돌아오는데, 늘면 이번에는 그 숫자가 일정한 수치가 된다는 사실이다. 저녁을 가볍게 먹어서 1킬로그램이 줄어도 이튿날에는 원상태로 돌아온다. 그런데 야심한 시간에 참다못해 라면을 먹어서 2킬로그램이 늘면 이번에는 아무리 애를 써도 체중이 줄지 않는다. 참으로 얄미운 구조다.

기름진 고기보다 살코기를 선택하는 것을 20대 시절의 내가 왜 염려했는지 신기했다. 아마도 나라는 사람은 확고하니 달라지지 않으리라고 믿고 있었던 게 아닐까. 변함없을 터인 것이 변한다는 사실이 두려웠으리라고 생각한다. 정체성이 붕괴되는 것 같아서 말이다.

두부 덕분에 여러모로 변화를 깨닫게 됐지만, 생각만큼 두렵지는 않았다. 그렇다기보다 조금도 두렵지 않았다. 고기의 마블링은 당연히 내 정체성을 뜻하지 않는다. 지금의 나는 "흰 살 생선만 찾게 된다", "감기가 도무지 떨어지지 않는다"고 말하던 어른들이 유쾌할 수 있었던 이유를 알고 있다.

예전에는 변한다는 사실이 왠지 불안했지만 실제로 겪어보니 조금은 재밌게 느껴졌다. 이사를 가기 전에는 가슴이 두근거리지만 막상 가면 의외로 즐겁게 느껴지는 것처럼 말이다. 하물며 변화하는 것은 자기 자신이다. 변화함으로써 새로운 내가 된 것처럼 느껴지는 것이다. 새로운 내가 오랜 '나'보다 '못하는 것'이 늘었다고 해도 역시 새로운 것은 받아들이면 즐겁기 마련이다. 고깃집에서 갈비가 아니라 살코기를 주문하는 자신은 의외로 재밌게 느껴진다. 요지부동인 체중은 거슬리지만, 이렇게까지 미동조차 하지 않는 인체의 신비를 생각하게도 된다.

더구나 나이를 먹는다는 말은 불가능한 일이 늘어난다는 사실을 뜻하는 것도 아니다. 나는 작년에—죽을 맛으로 뛰었지만—마라톤 풀코스를 두 번 완주했다. 이렇게 별난 행동은 20대 시절이었다면 하지 못했다. 작업 시간을 정해서 오후 다섯 시에는 철두철미하게 끝내는 것 또한 젊은 시절에는 무리였을 테다.

앞으로 분명 갱년기 장애가 시작되거나 예기치 못한 병을 앓기도 해서 이런 식으로는 변하고 싶지 않다고 마음속으로 생각할 때가 있을지 모른다. 하지만 그렇게 된 내가 지금의 나보다 못한 존재가 아니라 단순히 새로운 존재라고 생각할 수 있었으면 좋겠다.

우선 지금의 나에게 찾아올 가장 가까운 변화는 노안일 것이다. 무엇이 보이고 무엇이 보이지 않는지 유쾌하게 이야기를 꺼낼 날이 분명 머지않았다.

가쿠타 미쓰요

わたしの容れもの

목차

아. 홀가분해.

나이를 먹는다는 건

마음이 홀가분해지는 일

내가 모르는
나를 알다

건강검진 받는 것을 좋아한다. 서른일곱에 처음 받았는데 그때부터 이미 마음에 들었다.

건강검진을 처음 받으러 간 곳은 빌딩 고층에 들어서 있는 검진센터로 창이 널찍해서 도시가 한눈에 들여다보였고 대기실에는 대형 텔레비전이 자리한 데다 여기저기 놓인 선반에는 각종 잡지가 비치되어 있었다. 건강랜드에서 입을 법한 가운 스타일의 검진복으로 갈아입은 나는 살짝 흥분해서 텔레비전을 보거나 잡지를 뒤적이다가 내 번호를 부르면 일어나서 검사를 받았다.

검사를 받고서 가장 놀란 것은 위장조영검사였다. 바륨을 삼키는 게 고역이라는 사실은 알고 있었지만, 움직이는 검사대 위에 누워서 검사 기사가 말하는 대로 몸을 뒤집어야 하는 것이 마치 곡예를 부리는 기분이었다. 고령자는 괜찮을지 무심코 걱정이 될 정도였다.

그리고 유방촬영술을 받고 할 말을 잃었다. 이 검사는 유방암 검사인데, 가슴을 바이스 같은 기계로 압박하고 엑스레이를 촬영하는 것이다. 더구나 가로와 세로로 말이다. 이것이 상상을 초월하는 고통을 가져왔는데, 검사 기사가 "아프면 말씀해주세요"라고 했지만 막상 "아파요"라고 하면 "네, 이제 거의 다 됐어요!" 하고 다독이며 더욱 꽉 조여댔다. 나는 "아야, 아야, 아야야야" 하고 엉겁결에 소리쳤다. 그래서 이듬해부터는 유방촬영술을 피해 초음파 검사로 바꾸었다.

반나절 동안 받는 건강검진은 오전 중에 끝난다. 지급받은 도시락을 널찍한 창문을 따라 놓인 카운터 석에서 먹었다. 바륨은 여전히 위에 남아 있는 데다 가슴은 얼얼하게 아팠지만, 묘하게 후련한 성취감이 느껴져서 창밖으로 펼쳐진 경치를 보고 있자니 기분이 좋아졌다.

그 이후로 해마다 건강검진을 받고 있다.

이듬해에는 MRI로 뇌 검사도 받았다. 동그란 기계에 누운 상태로 들어가서 뇌 단면도를 촬영하는 검사다.

소리가 엄청나다며 검사 기사가 헤드셋을 건네줬다. 이 헤드셋을 야무지게 끼고 누웠다. 자동으로 원통형 기계에 위잉 하고 들어갔다. 안은 어두웠다.

쿵쿵쿵쿵쿵쿵 하고 시작된 소리는 도로 공사 소음과 흡사했지만, 견디지 못할 정도는 아니어서 나는 어느새 잠이 들고 말았다.

건강검진 결과는 대체로 한 달 내로 받을 수 있다. 모르는 단어나 알파벳이나 숫자가 가득 쓰여 있는데 이것들을 해독하다 보면 왠지 신이 난다. 들은 기억이 있는 단어를 찾아내서는 '오, 이게 그 유명한 감마 뭐시기구나' 하고 고개를 끄덕이거나 '콜레스테롤에도 종류가 있구나. 저밀도랑 고밀도가 있단 거네' 하고 지식을 얻기도 한다. 그래도 여전히 종잡을 수 없는 것도 있다. 백혈구라든가 적혈구는 뭐가 어떻고 무슨 관계가 있단 걸까? 전해질은 뭘까? 하지만 유별나게 깊이 조사하려 들지 않는 건 모든 수치가 정상이기 때문이다.

이상 없음을 나타내는 'A'가 쭉 나란히 있으면 예전에 이유 없이 마냥 싫어하던 성적표가 아닌데도 황홀한 심경으로 바라보게 된다. 황홀한 표정을 지은 후에 '별 탈 없다'는 사실을 알기 위해 그런 거금을 써버렸나…… 하는 치사한 생각도 슬쩍 들지만 역시 기분만큼은 좋다.

한번은 E 판정이 나온 적이 있는데, 그것은 '진찰 요망'을 뜻했다. 중성지방 수치가 터무니없이 높게 나온 것이다. 중성지방 수치가 높다는 것은 피가 걸쭉하다는 것을 뜻한다는 사실을 조사로 알았다. 하지만 낙제점이 나온 건강검진 결과도 왠지 모르게 기분이 좋았다. 자신의 몸에 대해서 모르는 이야기가 잔뜩 쓰여 있다는 건 재밌는 일이지 않은가.

그런데 그 '진찰 요망'에 대한 이야기를 하자면, 난 서둘러 병원에 가서 재검사를 받아야 했다. 의사의 말에 따르면 중성지방 수치는 전날 먹은 음식에 좌우되는 일이 상당히 많다고 한다. 건강검진 전날에는 보통 저녁 여덟시까지 식사를 마치고 잠자리에 들기 전까지는 물만 마셔야 한다. 그러고 보니 검진 전날, 지난해에 그러다 허기가 졌던 기억이 있어서 이번에는 배를 든든하게 채워두자 싶은 마음에 고기를 실하게 먹었다. 더구나 검진 날 아침에는 물도 입에 대서는 안 되는데 쿠키 한 조각을 사각사각 갉아먹은 일까지 떠올랐다. 재검사에서 잰 수치 또한 낮지는 않았지만, 정상 범위 축에는 간신히 들어가서 한시름 놓았다. 이 일이 있고

서는 건강검진을 받을 때면 며칠 전부터 음주량을 줄이고 채소와 생선을 중심으로 식단을 구성한다. 이른바 시험 전날 하는 벼락치기라고나 할까. 이 비겁한 수단을 이용하는 사람이 상당히 많아서 피차 마찬가지라는 사실을 알게 되고서는 자신이 얼마나 비겁한지를 서로 자랑하기도 한다. 개중에는 전날까지도 여덟 시까지 얼큰하게 한잔 걸친다는 베테랑도 있어서 놀라기도 했다(물론 그 사람은 중성지방 수치든 혈당치든 요산 수치든 가릴 것 없이, 높으면 좋지 않은 게 거의 다 높았다).

올해는 검진센터를 바꿔봤다. 지금까지는 동네 병원이 경영하는 검진센터에서 받았지만, 이번에는 지인이 추천하는 도심에 있는 병원 부속 검진센터로 가봤다. 검진복도, 여러모로 갖춰진 잡지도 다를 바 없었지만 이곳의 유방촬영술은 고통스럽지 않았다. 끝났다는 소리를 듣고 "대강한 건 아니죠?"라고 묻고 싶어질 정도였다.

결과가 우편으로 날아왔다. 올해 처음으로 요산 수치가 높다는 결과가 나왔다. 어라, 그게 뭐더라 싶어서 얼른 검색해봤다. 내가 이해한 건 이 수치가 너무 높으면 통풍에 걸릴지도 모른다는 사실이었다. 아아, 그런 사람이 주변에 있었지, 있었어. 남성이 많이 걸린다지만 요즘 들어서는 여성들도 많이 걸리는 모양이다. 통풍 발작이 일어나서 고생하는 남성도 있다.

이 수치를 떨어뜨리려면 퓨린이 다량 함유된 식품을 피해야 한다고 한다. 술, 어란, 아귀 간을 비롯한 각종 간, 건어물. 순 좋아하는 음식뿐이었다.

같은 세대인 지인이나 친구와 수다를 떨다보면 건강에 대한 이야깃거리가 등장할 때가 부쩍 잦아졌다. "나, 요전번에 처음으로 요산 수치가……"라고 말을 꺼낼라치면 "드디어 올 게 왔구나", "너도 다 늙었네" 하고 이야기가 활기를 띤다. 이번에는 상대가 "감마 수치가……" 하고 말을 꺼내면 그 말을 꺼내기가 무섭게 "난 58이나 나온 거 있지", "말도 안 돼. 잘못 나온 거 아냐?" 하고 이 또한 대화가 화기애애해진다.

10년 전만 해도 전혀 몰랐던 단어가 모두의 입에서 쉴 새 없이 쏟아져 나온다. 건강검진은 중년을 위한 커뮤니케이션 도구이기도 하다는 생각이 최근 들어 종종 든다.

먹는 데 관해서는 도통 무관심했다. 독립을 해서 혼자 살기 전
까지만 해도 손가락 하나 까딱하지 않아도 밥상이 뚝딱 차려졌기
때문일 테다. 젊은 날의 나에게 있어서 식사는 '누군가가 알아서
그냥 차려주는 것'이었다. 배를 곯는 일은 없지만 언제나 늘 먹고
싶은 음식만 나오는 것도 아니었다.

그래서 혼자 살기 시작했을 때는 신나는 마음을 주체할 수 없
었다. '내가 원하는 때에 좋아하는 음식을 먹는 삶'이란 신선했다.
요리의 '요' 자도 몰랐던 나는 패스트푸드점이나 술집에서 친구들

과 식사를 해결하기도 했고 어쩔 때는 과자로 끼니를 때우거나 굶기도 했다. 그런 삶이 즐거웠다.

하지만 요리에 눈을 뜨면 패스트푸드로 연달아 끼니를 해결하거나 심지어 과자로 식사를 때우는 일이 줄어들기 마련이다. 원점으로 돌아왔다고 할까. 정해진 시간에 세 끼를 야무지게 챙겨 먹는, 본가에서 몸에 밴 식습관으로 돌아왔다. 내 나이 20대 중반의 일이었다.

요리에 취향이랄 게 전혀 없었다. 제 손으로 하는 요리에 이제 막 눈을 뜬 수준인 데다 단순히 즐거운 마음에 좋아하는 것만 만들었다. 조미료나 식재료도 물건을 따져보기보다 가격을 우선시해서 샀다. 물론 경제적인 여유가 없었기 때문이라지만 요리에 대한 취향과 지식이 없어서이기도 했다.

다만 한 가지 고집하는 게 있다면 벌레가 나올 법한 채소는 구입하지 않는 것이다. 양배추를 벗기다가 나오는 벌레가 털이 숭숭 난 벌레든, 민달팽이를 닮은 동물이든, 날개가 달린 작은 벌레든 어쨌거나 나는 무서웠다. 그래서 벌레 먹은 흔적이 있는 잎채소는 절대 사지 않았다. 즉, 유기농 채소와 무농약 채소는 사지 않았다는 뜻이다. 또래 친구들과 나는 '벌레를 택할 바엔 농약을 택하겠다'고 열변을 토할 정도였다.

외식을 할 때도 맛집보다는 그냥 술을 마실 수 있는 곳이라면 어디든 좋았다. 맛집 정보에 밝은 편집자가 맛있다고 소문난 곳에 데리고 가주더라도 그 맛에 오롯이 집중하지 못했다. 편집자가 아니라 또래 남자 친구가 그런 가게에 데려가주더라도, 역시 요리의 맛을 즐기기보다 그에 앞서 '인기를 끌고 싶어서 맛집 정보를 꿰게 된 건가' 하고 그릇된 의심을 품었다. 돼지 목에 진주라는 말은 이런 상황을 가리키지 않을까. 정성껏 대접해준 사람들에게 새삼스레 송구스런 기분이 든다.

다른 곳과 다르게 이곳 요리가 어쩐지 맛있다고 생각하게 된 것이며, 맛없는 것보다는 맛있는 게 먹고 싶다고 생각하게 된 것이며, 채소와 생선에는 제철이란 게 있다고 실감하게 된 것이며, 왠지 좀 더 다양한 요리를 직접 만들어보고 싶다고 생각하게 된 것은 나에게 있어서 거의 동시에 일어난 일이었다. 내 나이 30대 중반에 접어들었을 무렵이었다.

젊은 날의 나는 중년여성들 대부분이 왜 그렇게 먹는 데 관심이 많은지 궁금했다. 여행을 갔다 하면 어느 음식점의 무슨 요리가 먹고 싶다고 하고, 아침 장이 선다 하면 한달음에 달려가 식재료를 구입하고. 게다가 시내에 있는 어디어디가 그렇게 맛있다는 이야기가 귀에 들어오면 번거로움을 마다 않고 예약을 하기도 하고, 흰색 아스파라거스가 나오는 계절이라느니 포르치니 버섯이 들어온 모양이라느니 호들갑을 떨고는 가게에 서둘러 예약을 하기도 한다. 식재료에도 조미료에도 전문가 못지않은 것이다.

30대 중반이 가까워지자 나도 마침내 먹는 데 관심이 많아지게 되었다. 그렇게 되고 보니 수수께끼랄 것도 없이 단순히 맛있는 음식이 먹고 싶었다. 단지 그뿐이었다. 아마 입맛도 고급스러워져서 그런 것도 있을 테고, 유별난 소리로 들리겠지만 앞으로 몇 번이나 더 먹음직스런 요리를 먹을 수 있을까 하고 여생에 대해 온갖 생각을 하게 돼서 그런 것도 있을 것이다.

그래도 관심의 정도를 대중소로 따지자면 나는 소에 해당할 것이다. 주문한 요리가 맛이 없어도 군말 없이 먹고, 상대가 데려가 준 곳의 요리가 시원찮아도 별반 개의치 않는다. 서비스가 나쁜 가게보다야 훨씬 낫다고 본다. 그리고 가끔은 패스트푸드도 몹시 먹고 싶어지기도 한다.

나이가 들면서 음식에 관한 한, 손수 지어 먹는 밥에 대한 태도가 가장 달라졌다. 일 때문에 각지를 다니거나 취재로 뭇 제작자들의 이야기를 듣다 보니 무언가를 만드는 일에 대한 사고방식이 상당히 달라졌다. 좋은 것은 그리 간단히 만들어지지 않으며, 손이 가면 갈수록 희소가치가 생기는 법이다. 그것은 음식이든 사물이든 영상이든 뭐든 마찬가지인 모양이다.

그 사실을 깨우치고서 조미료를 유심히 살펴보니 종류가 엄청나게 많지 않은가. 소금이든 간장이든 설탕이든 뭐든 말이다. 그래서 이제는 가격으로 선택하지 않고 원하는 것을 사게 되었다. 세상의 모든 조미료를 갖추기란 불가능하므로, 손에 넣기 쉬운 것 중에서 선택하거나 요리사가 추천하는 것으로 바꾸기도 한다. 가격이 비싼 데는 그럴 만한 이유가 있고 '좋은 물건'이 좋다는 소리를 듣는 이유 또한 확실히 있었다.

식재료는 마트가 아니라 개인 상점에서 구입하게 되었다. 생선은 생선가게, 고기는 정육점, 채소는 채소가게에서 사는 편이 무게나 개수를 자유롭게 선택할 수 있고 무엇이 제철인지 바로 알 수 있다.

내가 겪은 변화 중에서 가장 놀라운 것은 유기농 채소를 사게 되었다는 점이다. '벌레가 있을 바엔 농약'이라며 태연하게 말했던 내가 말이다. 벌레라면 지금은 눈곱만큼도 무섭지 않다. 그보다도 부자연스럽게 달거나 제철이 아닌데도 시중에 나오는 채소 쪽이 왠지 오싹하다.

그렇지만 이것들도 역시, 요리에 대한 관심의 정도로 치면 '중'

정도쯤 되지 않을까. 마트에 발길을 뚝 끊은 건 혼잡한 데다 그곳의 매뉴얼에 따르는 데 진절머리가 났기 때문이다(이 또한 나이 탓에 참을성이 없어져서일지도 모른다). 무슨 일이 있어도 유기농 식품을 사겠다고 정해놓은 것도 아니고, 채소가게에서 채소를 살 때 가격표에 쓰인 생산지 또한 유별나게 체크하지도 않는다. 어쩌면 이와 같은 큰 변화가 일어난 이유는 나이로 인한 식탐 때문만이 아니라, 나와 더불어 식사하는 가족이 존재해서일지도 모른다. 혼자였다면 아마도 먹는 데 무심했을 것이다. 조금이라도 신선하고 먹음직스러운 것, 몸에 좋은 것 등을 따지지 않을 테다. 하지만 다른 사람도 함께 먹으니 신경을 쓰는 것이다.

나 말고 다른 사람을 생각하게 된 것도 요즘 들어서 생긴 변화가 아닐까 싶다.

그것은
난데없이 찾아온다

허리를 삐끗한 것은 올해 2월이었다. 처음 겪는 일이었다.

오사카에서 일을 마치고 편집자의 배웅을 받으며 신칸센 승강장으로 향하느라 개찰구를 빠져나와서 손을 흔들기 위해 돌아봤을 때 허리에 뜨끔한 충격이 가로질렀다. '윽, 이건 어쩌면……' 하는 생각이 들었지만 처음이었기 때문에 허리를 삐끗한 게 맞는지 아닌지 긴가민가했다. 굳은 표정으로 손을 흔드는 나에게 세대가 비슷한 편집자가 "작가님, 지금 혹시……" 하고 개찰구 건너편에서 염려스러운 얼굴을 했다.

"아뇨, 아니에요. 멀쩡해요. 그럼 가볼게요" 하고 나는 몸을 살며시 틀어서 살금살금 걷기 시작했다.

신칸센에 탔다. 고통스러운 나머지 등받이에 기댈 수도 없었지만 가만히 있으니 어떻게든 버틸 만했다.

허리를 삐끗했을 리가 없다고 생각했다. 지금까지 그 경험담을 귀가 따갑게 들었는데, 이것보다는 통증이 더 심했을 터였다. 다들 하나같이 '삐끗' 하고 와서 그 자리에 그 자세로 꼼짝도 못하게 된다고 했다. 나는 움직일 수 있었다. 신칸센에도 탔고 앉아 있기도 했다. 근육이 단순히 놀란 거다 싶었다.

집에 돌아와서도 묵직한 통증은 여전했지만 그날은 욕조에 몸을 푹 담그고서 잠자리에 들었다. 내일이면 통증이 가라앉을 것이라고 생각하며.

이튿날 잠에서 깨어났을 때 깜짝 놀랐다. 통증이 무려 배로 늘어난 게 아닌가. 침대에서 몸을 일으킬 수도 없었다. 판때기 하나를 아래로 떨어뜨리듯이 침대에서 내려와 울먹이며 간신히 옷을 갈아입고 거북이보다 더 느린 걸음으로 동네에 있는 정형외과로 살금살금 걸어갔다.

의사가 무슨무슨 염증이라고 말한 후, "흔히들 말하듯이 허리를 삐끗한 거네요"라고 설명했다.

……허리를 삐끗하다니.

찜질용 파스를 붙이고 진통제를 먹는 것밖에 대처법이 없는 모양이었다. 염증이니 통증이 있는 동안에는 아무쪼록 탕에 들어가지 말라는 소리를 듣고 뒤통수를 한 대 얻어맞은 표정으로 다시 살금살금, 살금살금 집으로 돌아왔다.

통증이 조금 가라앉은 며칠 후, 나는 제일 먼저 의자를 사러 갔다.

내 작업실 의자는 보는 사람마다 하나같이 놀랄 만큼 낡아빠져 앉아 있기 불편해 보이는 것이다. 이런 의자를 사용하는 데는 이유가 있다. 같은 업계에서 일하는 친구가 예전에 고가의 사무용 의자를 구입하더니 몸이 착 감기는 것 같아서 몇 시간이나 앉아 있어도 힘들지 않다고 했다. 그 말을 듣고 나는 소름이 끼쳤다. '몇 시간이나 죽치고 앉아서 소설을 쓰고 싶지는 않은데…… 가능하면 앉아 있기 힘들어서 얼른 끝내고 집에 가고 싶은데……'라는 생각이 들어서 그 이후로 앉아 있기 불편한 의자를 굳이 사용해 왔다. 작업실 사진을 본 사람에게 의자에 앉았을 때 발이 바닥에 안 닿던데 그런 의자에 앉아서 용케도 일한다는 소리를 들을 정도였다.

하지만 이젠 두 번 다시 그런 무시무시한 통증을 겪고 싶지 않
았다. 방어 수단이 있다면 뭐든 갖추겠다는 심정으로 값비싼 업
무용 의자를 샀다. 한시름 놓았던 점은, 몇 시간을 앉아 있어도 힘
들지 않다는 것과 몇 시간이나 내리 소설을 쓰더라도 힘들지 않다
는 것은 동일하지 않다는 사실이었다. 불편한 의자에 앉아서 일할
때와 한 치도 다를 바 없이 나는 작업 종료 시간인 오후 다섯 시를
이제나저제나 기다리며 일했고, 다섯 시에는 의자에서 벌떡 일어
나 집으로 향했다.

한 단계 업그레이드된 방어 수단으로 나는 처음으로 정체 마사
지를 받으러 갔다. 내가 사는 동네에는 접골원이나 정체원(접골원
은 부상으로 인한 통증을 치료하는 곳인 반면, 정체원은 평소에 느끼는
신체적 불편함을 개선하는 곳이다. 접골원은 국가자격증을, 정체원은 민
간자격증을 취득해야 한다는 차이점 또한 있다─옮긴이)이 많다. 나는
지금까지 한 번도 그런 곳에 방문한 적이 없어서 그곳의 위대함을
몰랐다. 가고 싶은 마음은 있었지만 어쩐지 무서웠다. 무서운 건
친구들한테 들은 이야기 때문이었다.
내 친구들은 대부분 마사지나 침, 뜸의 신세를 지고 있다. 아마
도 작가나 편집자와 같이 앉아서 일하는 직업을 가진 사람이 많기

때문일 것이다. 그쪽에 관해서라면 다들 기가 막히게도 잘 안다. 그리고 그들은 자신의 몸을 위해서라면 어디라도 찾아갈 것이다. 어디어디 먼 동네에 신의 손을 가진 정체 마사지사가 있다. 침이라면 여기를 추천한다. 몇 년 동안이나 도통 낫질 않던 두통이 어디어디서 받은 시술로 싹 가라앉았다 등등. 그리고 다들 한결같이 "사람에 따라서는 맞기도 하고 안 맞기도 하니까"라는 말을 덧붙인다. 자신에게 안 맞을 때는 효과가 없을 뿐더러 상태가 악화될 가능성도 있다고 한다. 그러니 무섭고말고!

　더더욱 무서운 건 친구들이 말하는 '이런 시술사가 있다', '이런 곳이 있다'는 이야기였다. 정체 마사지나 침술 관계자 중에는 유별난 사람이 있나 보다. 특히 신의 손이라고 불리는 사람 중에 그런 경우가 많다고 한다. 콧구멍만 한 공간에 침대도 없이 다다미 위에 벌러덩 누워서 시술을 받았다는 둥, 시술받는 한 시간 내내 싫은 소리만 들었다는 둥, 들으면 들을수록 그런 곳에 가고 싶지도 않고 그 사람들과 엮이고 싶지도 않다는 생각이 들었다. 무섭단 말이다!

　하지만 허리를 삐긋했을 때 겪는 무시무시한 고통은 겹겹이 쌓인 그 '두려움'을 걷어내고도 남을 정도였다. 나는 처음으로 동네에 있는 접골원에 물리치료를 받으러 갔다. 커튼으로만 칸막이가 쳐져 있는 간이침대가 몇 개 나란히 놓여 있었다. 상당히 붐볐다. 이름이 불리자 나는 커튼으로 칸막이가 쳐진 독실로 들어갔다.

걷는 습관 때문에 아무래도 뒤틀리기 쉬운 골반을 교정함으로써 허리에 받는 부담을 덜어낼 수 있다는 설명을 듣고 시술을 받았다. 시술사가 허리를 문질러대거나 눌러대기도 했고 끌어당기거나 비틀기도 했다. 심하게 아프지는 않았지만, 피부 마사지를 받을 때처럼 단잠에 빠져드는 일은 없었다. 엉덩이를 누르자 갑자기 아팠지만, 커튼 건너편에서 다른 사람이 시술을 받고 있으니까 아프다고 호들갑을 떨어서는 안 되겠다 싶어서 꾹 참았다. 그러자 "혹시 아픈데 참고 계세요?" 하는 질문을 받았다. "아, 네에……" 라고 답하자 그러면 참지 말고 아프다고 말해도 된다고 했지만 아무도 아프다면서 난리를 치지 않았다. 참고로 엉덩이가 그렇게 아팠던 것은 허리를 감싸느라 평소에는 쓰지 않는 근육에 힘을 줬기 때문일 거라고 했다.

시술을 한 시간 받고 나자 삐끗했던 통증이 아직 남아 있는 허리가 한결 편해진 것 같기도 하고 여전한 것 같기도 했다. 그러고서 두세 번 더 다녀도 아리송해서 그길로 다니지 않게 되었다. 이 어중간함이 정체 마사지인 걸까…….

의자 덕분인지, 정체 마사지를 몇 번이나마 더 받으러 다닌 덕분인지, 아니면 우연인지, 우선 공포의 요통은 그때 이후 아직 찾아오지 않았다. 하지만 8개월 후 허리를 삐는 것을 더욱 능가하는 고통이 나를 덮치는데 그 이야기는 다음 편에 쓸까 한다.

재난도
별안간 찾아온다

2월에 허리를 삐끗한 후, 정체 마사지를 그만 받아도 재발되는
일은 없었다. 그래서 허리가 아프다는 상태가 어떤 것인지 거의
잊어버린 지난달에 있었던 일이다.

비가 오는 날이었다. 오테마치에 있는 모 출판사에 사전회의를
하러 가게 되었다. 작업실 우편함에 담긴 우편물을 꺼내 읽으며
빌딩 계단을 내려가는데 한쪽 다리가 주르륵 미끄러졌다. 아차 싶
은 그 순간이 유난히 길게 느껴졌는데 정신을 차려보니 대여섯 계
단이나 미끄러진 채 땅에 주저앉아 있는 상태였다. 큰일 날 뻔했

다며 일어나려고 하는데 허리에 심한 통증이 덮쳐왔다. 무슨 일이 벌어졌는지 갈피를 잡을 수 없을 정도의 통증이었다. 아야야야야, 하고 무심결에 소리가 나왔다. 앞쪽 거리에 사람이 지나다니고 있었지만 이쪽에 관심을 기울이는 이는 없었다.

우산을 지팡이 삼아 간신히 일어났다. 하지만 심상치 않을 만큼 고통스러웠다. 요통을 나타내는 단위를 욱신으로 표현한다고 치고 허리를 삐끗했을 때를 50욱신이라고 한다면 이 통증은 200욱신이었다. 순간적으로 뼈가 부러졌나 싶었지만 우산을 지팡이 삼아 걸어보니 걷지 못할 정도는 아니었다. 너무 고통스러운 나머지 제대로 된 사고를 할 수 없었고, 오로지 목적지인 출판사에 가야 한다는 생각만 들었다. 나는 우산으로 땅을 짚어가며 꾸역꾸역 역으로 향했다.

전철에 타서 빈자리에 앉았더니 뻐근하게 아팠다. 그러나 꼼짝 않고 있으니 어떻게든 넘길 수 있을 것 같았다. 하지만 너무 아팠다. 눈물이 나왔다. 나는 휴대전화를 꺼내서 '계단에서 미끄러지는 바람에 허리가 엄청 아픈데 걸을 수 있을 정도면 뼈가 부러진 건 아니겠지? 골절되면 걸을 수 있을 리가 없겠지?' 하고 친구에게 문자를 보냈다. 문자를 보낸다고 해결될 문제는 아니지만 아무것도 하지 않고서는 견딜 수 없었다. 친구한테 문자를 보내기가

무섭게 답장이 왔다. '얼른 병원에 가서 진찰부터 받아봐!'

당연한 소리였다. 하지만 약속이 잡혀 있는 상황이었기에 우선 출판사까지는 가보자 싶었다.

전철은 달리기 시작했다. 나는 의자 옆에 자리한 은색 봉을 양손으로 붙잡고 눈을 질끈 감은 채 고통을 견뎌냈다.

그리하여 내린 지하철 개찰구에서 약속 장소인 출구까지 우산에 의지해서 갔는데, 오테마치 역 지하는 하나의 도시나 다름없었다! 화들짝 놀랄 만큼 널찍하고 길이 여기저기로 쭉쭉 뻗어 있어서 아무리 걸어도 약속 장소인 출구가 나오지 않았다. 더구나 거북이걸음으로 한 걸음 내딛을 때마다 극심한 고통이 찾아왔다. 평소라면 10분도 채 걸리지 않을 거리를 30분 정도 걸려서 갔다. 길치인 나는 길을 헤매는 시간을 감안해서 일찍 집을 나서는 편이기 때문에 어떻게든 제시간에 도착했다.

마중 나온 편집자에게 미끄러진 사실을 전하자 편집자가 바로 병원에 가자고 했다. 우선 출판사 회의실까지 데려가더니, 편집자를 비롯한 모두가 가까우면서도 바로 진찰받을 수 있는 병원을 알아봐주었다. 그사이에 나는 회의실에 있었는데 통증이 점점 더 심해져서 손이 차가워지고 땀이 배어나오는 데다 소리를 지르고 싶어졌다. 눈물도 나왔다. 300욱신에 도달했다.

그 출판사가 들어선 빌딩 지하에 병원이 있었는지 출판사 사람이 재빨리 예약해주었다. 휠체어를 빌려다 지하까지 진찰을 받으러 갔다. 휠체어에서 내려 뢴트겐 검사대에 올라가 몸의 위치를 바꾸고 다시 내려와 휠체어에 타는 모든 과정이 지옥 같았다. 그런데도 뢴트겐을 찍은 결과, 골절도 되지 않았고 금도 가지 않았다는 말을 들었다. 진통제를 처방받고 찜질용 파스를 붙이고서 휠체어를 탄 채 계산하기를 기다렸다.

이때 나는 그날 저녁을 생각하고 있었다.

출판사에서 사전회의를 마친 후, 다른 출판사 사람들과 회의 겸 회식을 할 예정이었다. 이 회식 장소가 태국 음식점이었는데, 정말 오랫동안 태국 음식에 굶주려 있던 나는 요 며칠 목이 빠져라 이날을 기대하고 있었다.

골절도 되지 않았고 금도 가지 않았다면 휠체어를 빌려서 태국 음식점에서 열릴 회의에 참석해야 하지 않을까. 날을 바꾸는 것도 죄송스러운 일이니 말이다. 가만있으면 딱히 안 아프지 않을까. 조금 전까지만 해도 300욱신이라며 우는 소리를 했던 주제에 그런 생각을 하는 건 사고력이 저하된 탓일까, 내 좀스러운 식탐 탓일까.

생각으로만 그치지 않고 편집자에게 "이다음에 있는 회의에 참석하려고 하는데요……" 하고 솔직하게 털어놓자 편집자가 "안 가는 게 분명 나을 거예요"라고 강하게 말했다.

갈수록 더해가는 고통 때문에 걷기가 불가능했기 때문에 출판사 쪽에서 휠체어째로 탈 수 있는 점보택시를 불러줘서 고정된 휠체어를 타고 집까지 갔다. 집에 도착해서 휠체어를 반납하고 간신히 집에 들어가 침대에 드러눕자 이미 움직일 수 없는 상태였다. 몸을 뒤척일 수도 없었다. 고통스러운 나머지 정신을 잃다시피 잠이 들었다.

이튿날, 통증이 경감되지 않았을까 하는 아련한 바람과 함께 눈을 떴지만, 무려 곱절로 늘어나 있었다. 600욱신이었다. 움직일 때마다 우렁찬 소리가 터져 나왔다. 어제 옷차림 그대로 동네 정형외과에 필사적인 심정으로 찾아갔다. 그러나 골절이 되지도, 금이 가지도 않았기 때문에 의지할 수단은 진통제밖에 없었다. 엉덩이에 여러 대 주사를 맞고, 강한 진통제를 두 종류나 처방받은 다음 목발을 빌려서 집으로 돌아왔다. 돌아오는 데도 한바탕 고생했다.

나는 소리를 지르며 침대에 길게 누웠다.

감기라면 정신이 몽롱해서 잠을 자는 수밖에 없다. 하지만 아픈 곳이 허리라면 정신이 말똥말똥해서 졸리지도 않고 단순히 움직이지 못할 뿐이기 때문에 어마어마하게 한가하다. 교정지라도 읽어볼까 싶어서 일어나 의자에 앉았더니 욱신거리며 아팠다. 하지만 누워 있어도 고통스럽기는 매한가지라서 결국은 앉은 채 교정지를 체크하는 작업에 들어갔다.

다음 날은 목발을 짚고 간신히 걸을 수 있게 되어서 작업실로 갔다. 그리고 그 이튿날은 목발 없이도 어떻게든 걸을 수 있을 정도까지는 됐다. 하지만 어쩌다가 방심이라도 하면 말로 형용할 수 없을 만큼 심한 고통이 덮쳐왔다. 그러면 움직이다가 멈췄다. 그대로 고통이 진정되기를 기다리는 수밖에 없었다.

뒤에서 걷던 사람은 움직이다가 느닷없이 멈추는 나를 이상한 눈으로 쳐다보며 지나갔다. 버스에 탔을 때는 타기가 무섭게 아찔한 통증이 찾아와서 꼼짝도 할 수 없었다. 그런데 뒤에 탄 사람이 안으로 들어가지 않는 나한테 민폐라는 시선을 보내며 몸을 꾹꾹 밀어댔다. 하지만 "안다고, 나도 다 아는데 아픈 걸 어쩌라고!" 하고 소리칠 용기는 없었다.

이 통증은 조금씩 누그러들어서 지금은 허리를 굽힐 수도 계단을 오르내릴 수도 있게 됐지만, 걱정스럽게도 한 달이 지난 지금도 여전히 남아 있다.

　뻐근한 위화감과 어쩌다 방심할 때면 찾아오는 통증이 50옥신 정도로 집요하게 내 몸에 눌어붙어 있다. 나이가 들어서 낫기 힘든 걸까. 이대로 쭉 겨울이나 비가 오기 전날에 생각났다는 양 몸이 쑤시게 되는 걸까. 아하하. 휴우.

다이어트의
진실과 거짓

이미 30년쯤 전부터 다이어트에 관심은 있었다. 여간해서는 살이 찌지 않는 체질을 가진 여성이 아니고서는 다이어트에 대한 관심은 이 세상에 태어난 여성의 숙명이지 않을까 싶다.

내가 초등학생이던 1970년대부터 다이어트는 유행했다. 이모가 운동기구를 사거나 요상한 차를 마셨던 걸 기억한다. 그 기구도 차도 당시에 어마어마하게 붐이었던 모양이다. 그러나 생각해보면 다이어트 식품이나 다이어트 방법이 유행하지 않았던 적이 있기는 했을까.

내가 중고등학생이던 시절에 유행했던 것은 사과 다이어트와 삶은 달걀 다이어트, 바나나 다이어트와 같은 원 푸드 다이어트였다. 그다음에는 손가락에 반창고를 감거나 풍선을 불거나 귀의 혈자리를 자극하는 다이어트가 유행했다. 그러다 '칼로리'라는 개념이 등장하기 시작해서 한 끼에, 혹은 하루에 몇 칼로리까지 제한해야 한다는 이야기도 들리게 되었다. 그러고는 아침 식사를 거르거나 기름진 음식을 피하거나 탄수화물을 제한하는 '절제' 스타일의 다이어트가 유행했고, 그와 동시에 짐볼, 요가, 필라테스와 같은 운동 스타일 다이어트도 유행했다. 다이어트 도구도 복근 만들기에 효과적인 진동 벨트나 다이어트 슬리퍼나 아령과 같이 여러 가지가 등장했고, 요즘 들어서는 영상을 보면서 몸을 흔드는 운동도 유행하고 있다.

다이어트는 하루가 멀다 하고 유행하고 있고 우리는 어딘가 무의식중에 '살을 빼야 한다'고 믿어 의심치 않고 있다. 이것은 이미 문화로 자리 잡은 듯 보인다.

관심을 가지기 시작하고서 나도 줄곧 '살을 빼야 한다'고 무의식적으로 생각하고 있다. 가끔은 그 무의식이 의식 수준으로까지 부상해서 나도 할 수 있을 만한 다이어트가 없으려나 하고 기웃거리기도 한다. 하지만 불가능하다. 애초에 삶은 달걀만 먹거나 하루 칼로리량을 계산하는 일이 가능할 리가 없다. 손가락에 반창고를 감고 복근 벨트를 차는 일이라면 가능하겠지만 효과가 있을 턱이 없다. 그래서 하지 않는다. 아무것도 하지 않는다. 서른을 넘어서까지 아무 다이어트도 하지 않고 지내왔다.

서른셋에 복싱 체육관에 다니기 시작했지만, 그건 실연을 계기로 앞으로 언제 실연을 당하게 되더라도 강한 정신력으로 극복하고자 하는 것이 목표였지 다이어트를 위한 것은 아니었다.

실제로 운동과 담을 쌓고 살던 내가 처음으로 격렬한 운동을 시작하자 허기를 참다못해 무려 4킬로그램이나 몸이 불었다. 그 운동량에 익숙해지니 체중이 서서히 돌아왔지만 빠지지는 않았다. 일주일에 한 번, 한 시간 반쯤 하는 연습으로는 몸이 탄탄해지거나 살이 빠지지는 않았다. 그리하여 30대도 중반을 지나자 체중이 늘지도 줄지도 않는 부동의 상태에 딱 들어섰다. 몇 해 전쯤에는 밤을 꼬박 새우거나 한 끼를 거르기만 해도 1~2킬로그램은 금세 빠졌는데, 이제는 단호하게 줄지 않았다. 감기로 이틀을 앓아누우면 그때는 눈곱만큼 빠지지만 완쾌하면 바로 다시 원상태로 복귀했다. 이 정확성에 놀랄 지경이었다.

그런 내가 처음으로 다이어트를 시도한 것은 서른아홉 때였다.

한 여성잡지사에서 다이어트를 해보지 않겠냐는 의뢰를 받았던 것이다. 이때 나는 러닝을 시작한 지 얼마 되지 않을 무렵이었는데, 너무 힘들어서 지칠 대로 지쳐 있었기 때문에 체중을 조금만 더 줄이면 달리는 데 수월하지 않을까 싶은 마음에 그 의뢰를 덥석 받아들였다. 그러나 이렇게까지 고집스럽게 빠지지 않던 체중이 과연 빠지겠냐는 의문도 있었다.

이때 알게 된 사실인데, 바야흐로 지금은 다이어트 방법이 실로 다양하다는 것이었다. 삶은 달걀만 먹는 황당무계한 방식이 아니라, 각 분야의 어엿한 전문의와 영양사가 근거 있는 이론을 바탕으로 고안해낸 다이어트 방법이 존재했다.

내가 이때 시도한 것은 양에 덜 차게 먹는 다이어트로, 평소 먹는 양의 20퍼센트를 남기는 방법이었다. 이 다이어트 방법을 추천한 의사가 말하기로는 사람은 나이가 들면서 대사량이 떨어지는데 먹고자 하는 욕구는 나이와 더불어 증가해서 위장이 갈수록 커진다고 한다. 따라서 대사에 필요한 양 만큼만 섭취해서 위장을 작게 만드는 게 목적인 다이어트 방법이었다.

결과적으로 나한테 이 방법은 몸에 맞춘 듯 잘 맞았다. 우선 칼로리를 계산할 필요가 없었다. 돈가스 정식을 먹을 때 남기는 20퍼센트는 양배추라도 상관없었다. 어쨌거나 칼로리와 무관하게

20퍼센트를 남기면 된다. 그리고 알코올은 맥주 말고는 오케이였다. 나는 원래부터 소식가였기 때문에 처음에 느낀 허전함과 공복감은 한 달이 지나자 익숙해져서 체중이 곧바로 줄기 시작했다. 그리고 6개월 만에 6킬로그램이 빠졌다. 러닝도 눈에 띄게 수월해졌다. 체중이 줄었을 뿐인데 이제껏 쭉 재검사나 진료 요망이라고 표시되었던 중성지방 수치가 깜짝 놀랄 만큼 떨어졌다. 그게 5년 전이다.

최근 5년간 먹는 양이 조금씩 다시 늘었는지, 줄어든 6킬로그램 가운데 3킬로그램이 돌아왔다. 그러고는 다시 줄지 않았다. 무려 풀마라톤을 완주해도 이튿날이면 원상태로 복귀한다. 이 3킬로그램을 진지하게 빼고 싶을 때가 있다. 그럴 때면 여러 사람들의 다이어트 후기에 귀를 기울인다. 지금 가장 유행하고 있는 것은 당질 제한 혹은 탄수화물 제한 다이어트라고 한다. 주로 40대 남성들이—남 보기 좋으라고 하는 게 아니라 심각한 문제 때문에—시도하고 있는데, 그 대부분이 성공했다. 굉장한 일이다.

자신이 몸소 다이어트를 하고 있거나 다이어트를 해본 적 있는 사람의 이야기를 듣다 보면 한 사람 한 사람의 몸이 가진 신비로움에 생각이 많아진다. 누군가에게는 맞는 다이어트 방법이 어느 누군가에게는 맞지 않을 때도 있다. 그것은 정신적인 부분과도 연관이 있겠지만 그 사람의 몸과의 궁합이라는 사정도 있는 모양이다. 나는 육식만 하면 체중이 조금씩 줄지만, 저녁으로 덮밥을 비롯한 탄수화물을 계속 섭취하면 체중이 증가하기 시작한다. 하지만 반대인 사람도 존재한다. 술을 딱 끊은 덕분에 10킬로그램이 빠진 사람이 있는가 하면, 나는 술을 자제해도 살이 빠지지 않는 대신 폭음을 하더라도 체중이 늘지 않는다. 그리고 운동을 시작하기가 무섭게 몸이 탄탄해지는 사람이 있는가 하면 나는 한 주에 두 번, 15킬로미터씩 달리는데도 몸이 쥐꼬리만큼도 탄탄해지지 않을 뿐더러 체중도 요지부동이다. 다이어트를 하겠다는 마음을 먹었다면 우선 자신과 잘 맞는 방식을 찾아야 한다는 것을 실제로 다이어트를 경험해보고 알았다. 우리를 담는 '몸'이라는 그릇은 인격과 마찬가지로 개성이 철철 넘치는 모양이다.

그리고 실로 중요한 사실을 한 가지 더 알게 되었다. '극단적인 방식'으로 성공하는 다이어트는 존재하지 않는다는 것이다. 반창고만 마냥 감아서는, 한 가지 음식만 주구장창 먹어서는, 밥을 쫄쫄 굶어서는 그 사람이 어떤 체질을 가지고 있고 어떤 성질을 가지고 있든지 효과가 없다.

'만약'의
미래

복싱 체육관에 10년 이상 다니고 있고 러닝을 5년 이상 연이어 해오고 있지만, 몸이 단련된다는 느낌이 들지 않는다. 복근이 생기기는커녕 등과 아랫배에 도리어 군살이 붙었다. 체중도 요지부동인 데다 체지방도 거의 변화가 없다.

하지만 체육관을 다니는 것도 러닝을 하는 것도 몸을 단련하고자 시작한 게 아니므로 딱히 신경 쓰이지는 않는다. 만약 몸을 단련하고자 시작했다면 양쪽 다 이미 때려치웠을 테다. 몸이 단련된다는 실감이 들지 않으니 말이다.

그런데 최근에 문득 든 생각이 있다. 체육관에도 다니지 않고 러닝도 하지 않았더라면 어떻게 됐을까 하는 것이다.

나이가 들면서 군살은 지금보다 확실히 늘었겠다고 생각하고 싶은 심정이지만, 그렇지 않을지도 모른다. 그야 체중도 체지방도 줄지 않았으니 그 반대도 가능한 이야기지 않을까.

나는 웬만해서는 감기에 걸리지 않는다. 열이 나는 일도 없다. 마지막으로 감기로 앓아누웠던 게 언제였는지를 생각해보니 4년쯤 전이었던 것 같다……는 어렴풋한 기억밖에 나지 않는다. 그렇다면 체육관에 출근 도장 찍기와 러닝은 이 튼실함에 공헌하고 있는 게 아닐까? 그렇게 생각하고 싶은 바지만, 옛날부터 나는 튼튼했다.

만약 체육관에도 다니지 않고 러닝을 하지 않았더라도 지금과 한 치도 다를 바 없는 40대 중반이었다면 왠지 손해를 보는 것 같은 느낌이 든다. 치사한 생각이지만, 그것도 맞는 말이지 않은가.

며칠 전, 도쿄에 폭설이 내렸다. 눈이 쌓일 대로 쌓였다. 그날은 그렇다 쳐도 두려운 건 그다음 날이다.

눈을 쓸지 않은 길거리나 계단이 미끌미끌하게 얼어붙어 있었다. 얼마 전에도 계단에서 미끄러지는 바람에 한 달 정도 요통에 시달렸던 나는 질색할 만큼 미끄러운 게 무서웠다.

그 이튿날은 불행하게도 외출할 일이 많은 날이었다. 집에서 작업실까지 20분을 걸어가서 작업실에서 5분을 걸어 버스를 타고 역으로 간 다음, 전철을 갈아타고 도심에 있는 역에서 15분 정도 걸어서 약속 장소까지 갔다가, 거기서 10분 정도 걸어서 다음 약속 장소까지 가야 했다.

미끄러지지 않도록 얼지 않은 곳과 눈이 쌓여 있지 않은 곳을 확인해가며 조심조심 걸었는데도 몇 번인가 미끄덩하고 균형을 잃었다. 머릿속으로 '앗, 넘어지겠다!' 하고 외쳤지만, 그때마다 나는 버텨냈다. 결국은 한 번도 넘어지지 않았다.

그때 이런 생각이 문득 들었다. 혹시 체육관에도 다니지 않고 러닝도 하지 않았더라면 나는 오늘 미끄덩했던 다섯 번 모두 넘어지지 않았을까?

원래 나는 운동신경이 둔하다. 복싱 체육관에 다니기 시작하기 전까지만 해도 운동과 담을 쌓고 살았다.

학창 시절에 운동을 해온 사람과 담을 쌓고 살았던 사람은 움직이는 모습만 보더라도 답이 바로 나온다. 운동의 '운' 자도 모르고 살아온 사람들에게 스포츠와 관련된 움직임을 시켜보면 열이면 열 어딘가 어색하다. 그 사람들은 대체로 어설프다. 내가 그렇다.

뭔가 어설프다. 날렵하게 움직이거나 위치를 바꾸기가 버겁다.

그리고 서른을 넘어서 별안간 운동을 시작하더라도 운동신경이라는 것은 생각처럼 좋아지는 법이 없고, 몸이 날렵해지기도 힘들다. 체육관에 다닌 지도 어언 10여 년이라고 하면 다들 대단하다고 칭찬해주지만, 체육관에서의 내 모습을 보면 말문이 막힐 것이다. "체육관에 다닌 지 10년이 넘었다면서……?" 하는 반응일 테다. 운동 열등생의 '어딘가 어설픈 움직임'은 그 사람을 지겹게 따라다닌다. 나는 그 사실을 자각하고 있다.

다만, 운동신경은 그만큼 발달되기 힘들더라도 균형감각은 단련되지 않을까. 움직임이 어딘가 어설픈 나라도 말이다.

그래서 생각했다. 운동과 아예 담을 쌓은 채 30대를 보내고 40대 중반으로 접어들었다면 나는 정신없이 마구 넘어졌을 게 뻔하다고.

그러자 미끌했을 때의 위태로운 감각이 떠오르면서 다부지게 버텨낸 나 자신을 갑자기 칭찬하고 싶어졌다.

그런데 '그것을 하지 않은 자신'과 '그것을 하지 않았을 경우의 지금'이라는 것은 몇 번이고 자꾸만 생각하게 된다. 우리는 늘 '만약'의 유혹과 더불어 살아가고 있다.

만약 그때 이 동네로 이사 오지 않았더라면 어떻게 됐을까. 만약 그 사람을 만나지 않았더라면 어떻게 됐을까. 만약 그때 그런 소리를 하지 않았더라면 어떻게 됐을까.

만약 바로 앞에 왔던 전철을 탔더라면 지각을 안 했을 텐데, 처럼 가벼운 '만약'이 있는가 하면 만약 그때 이 일을 안 했더라면 인생 자체가 달라졌겠지, 하는 무거운 '만약'도 있다. 하지만 어떤 선택을 내렸을 경우, 다른 선택지는 애초에 존재하지 않았으리라고 생각한다. 실제로 '만약'의 발생 지점으로 되돌아가더라도 '만약'이 아닌 쪽을 몇 번이고 선택하게 될 것이다. 그리고 우리는 영원히 '만약'의 앞날을 알 수 없다. '지금보다 좀 더 살기 수월할까? 살기 버거울까?' 하는 식으로 가정할 수밖에 없는 것이다.

지금보다 젊었을 적에 가정했던 만약의 규모는 더욱 컸다. '이렇게 안 했더라면 내 인생이 싹 달라졌을 텐데' 하고 인생을 좌우하는 가정만 했다. 하지만 살아가는 시간이 늘면서 '만약'이 존재하지 않는다는 사실을 뼈저리게 느끼게 되자 그런 생각을 하는 순간이 줄었다. 지금 가정하는 것은 '체육관에 다니지 않았거나 러닝을 하지 않았더라면 어떻게 됐을까' 하는 정도이며, 그것은 굳이 따지자면 지금의 나를 적극 긍정하기 위한 가정이다.

이럴 때면 나이를 먹는다는 건 마음이 홀가분해지는 일이라는 것을 깨닫는다.

아무래도 내가 좋아하는 음식 중에

'칼로리'라는게 있는 것 같다...

쓰지 않아도
줄어든다

30대 중반 무렵부터 주위에 운동을 시작하는 사람이 별안간 많아졌다. 다들 같은 세대 사람들이었다. 이렇게 말하는 나도 서른셋에 복싱 체육관을 다니기 시작했고, 러닝을 시작한 건 서른일곱 무렵이었다.

서른을 넘긴 사람이 시작하는 운동 중에서 가장 많은 것이 러닝이다. 나이대가 비슷한 대여섯이 이런저런 이야기를 나누다가 어쩌다 누가 '러닝을 한다'는 소리를 꺼내면 다들 나도나도 하는 분위기가 조성되는 일이 최근에는 잦다. 그때부터 이야기꽃이 활짝 피는 것이다. 몇 해 전부터 러닝을 시작했는지, 이제껏 나간 대회는 어디인지, 기록은 얼마나 나오는지, 한 주에 얼마나 달리는지를 유쾌하게 이야기하는 중년 그룹. 이럴 때 젊은 친구가 한 사람이라도 섞여 있으면 화들짝 놀란다.

예전에도 러닝 이야기가 나와서 한창 화기애애하던 차에 그 무리에 있던 20대 아가씨가 이렇게 말했다.

"다들 왜 그렇게 열심히 운동하세요? 전 달리기라면 딱 질색이라서 신호가 깜박여도 지각을 할 것 같아도 절대 안 뛰어요. 어떻게 그렇게 좋아서 몇 킬로미터씩이나 달릴 수 있는지 신기해요."

중년인 우리는 그 친구의 말에 전적으로 동의한다. 정말 그렇다 싶다. 그런데 그때 중년 그룹의 한 사람이 그 친구에게 이렇게 말했다.

"그래그래. 젊은 친구들은 아직 운동 안 해도 돼. 좀 더 나이 먹고 하면 되지."

어쩌면 이렇게 속 시원한 대답이 다 있나 싶어서 나는 무릎을 탁 쳤다.

앞에서 언급했다시피 주변 사람들이 어째서인지 30대 중반 무렵부터 운동을 시작했다. 나를 포함해서 이제껏 운동과 담을 쌓고 살던 '달리기라면 딱 질색'이라던 사람들이 말이다.

개중에는 중고등학교 시절에 운동을 좀 했다는 사람도 있었다. 하지만 그들도 졸업 후에는 운동과 인연을 끊고서 서른 넘어서까지 아무것도 하지 않았다는 사람이 많았다. 그러나 중고등학교 시절 운동부에 몸담았던 사람은 그 후 20년간 아무리 살이 찌고 게으름을 피웠더라도 막상 다시 시작하면 운동 감각이 좋다.

가장 많이들 하는 것이 러닝이었고 야구팀을 만드는 사람도 꽤 있었다. 여성이라면 요가나 발레를 하는 사람도 많았다. 하지만 어느 것이든 중년에 접어들어서 시작하더라도 육체적으로 정신적으로 버겁지 않은 종류의 운동일 것이다(골프를 하는 사람도 많지만, 이건 중년이기에 어울리는 운동이라고 생각한다).

그런데 젊을 적에는 왜 그렇게 운동을 하지 않았을까.

나는 중년 운동 그룹과 간혹 이 문제에 대해서 진지하게 토론할 때가 있다. 그 궁금증은 중년이 된 지금에 와서 왜 운동을 시작했는가, 하는 젊은 친구들의 궁금증과는 입장이 사뭇 다르다. 우리 내면에는 '진정한 운동은 비로소 중년부터 시작된다'는 불문율이 자리하고 있다.

중년이기에 중년이라도 가능한 운동을 시작해서 중년만이 느낄 수 있는 즐거움을 찾아내 어떻게든 운동의 지루함과 버거움을 달래고 있다는 느낌을 받을 때가 있다. 참고로 중년만이 느낄 수 있는 즐거움은 거창하게 벌이는 뒤풀이 회식, 유니폼 제작, 지방 원정 등이 있다. 젊은 시절에는 그런 것들이 재미있어 보이지도 않았고 그럴 만한 경제적 여유도 없었다.

그런데 중년도 할 수 있는 운동을 젊은 날에는 왜 하지 않았을까. 조금 전에 말한 젊은 친구처럼 운동이라면 딱 질색이라고 생각했던 젊은 시절의 나를 생생하게 기억하고 있다. 그때는 확실히 운동은 딴 세상 이야기 같았다. 지금 다시 스무 살이나 어려지더라도 운동이라면 고개를 절레절레 흔들 것 같다.

그런데 그건 대체 어째서일까? 지금보다 훨씬 체력이 있고, 있는 정도가 아니라 남아도는 판국에 어쩌면 그렇게도 운동이라면 질색을 하고 딴 세상 이야기라고 생각했을까.

그때는 왜 그런지 몰라도 늘 피곤했다고 같은 세대 친구가 말했다. 분명 그랬다. 피곤하다, 나른하다는 소리를 입에 달고 살았다. 하지만 지금에 비하면 그렇게 피곤하지도 않았을 것이다. 무엇보다 피곤해질 만한 일을 하지 않았으니 말이다.

곰곰이 생각해봐도 잘 모르겠다. 그러니 추측하는 수밖에 없다.

어쩌면 체력은 돈과 같지 않을까. 흔히 큰 부자가 되면 돈을 쓰는 데 인색해진다고들 하지 않는가. 가득 채워져 있으면 쓰고 싶어지는 게 아니라 쓰고 싶어지지 않나 보다. 그것과 마찬가지지 않을까? 젊을 적에는 남아도는 체력을 어쨌거나 소중히 아껴두고 싶다. 아까워서 도무지 쓸 수가 없다.

하지만 돈과 달리 쓰지 않아도 정신을 차리고 보면 줄어 있다. 자꾸만 줄어간다. 그리고 깨닫는다. 아아, 쓰지 않으면 줄어드는 구나. 그래서 다급히 사용하기 시작한다. 얼마 남지 않은 재산을 아낌없이 사용하기 시작한다.

이런 게 아닐까 싶은 추측도 앞뒤 재지 않은 생각에 불과하지 만 반드시 틀린 것만은 아닐지도 모른다.

우리 중년 그룹이 주고받는 운동 에피소드를 듣고 눈이 휘둥그레지는, 운동과 담을 쌓고 사는 20대들도 10년 남짓 지나면 분명 무언가를 시작하게 될 테다. 그리고 그리워질 것이다. 나이가 지긋한 어른들에게 의아한 시선을 보내며 "다들 왜 그렇게 열심히 운동하세요? 전 달리기라면 딱 질색이에요" 하고 천진난만하게 말했던 자신을. 차고 넘칠 만큼 체력을 가지고 있던 시절을.

앞서 나란 사람을 담는 그릇인 몸에 대해 썼는데, 이번에는 그 내용물에 대해서 써보려 한다. 내용물, 즉 성질이나 성분이나 성격과 같은 나의 내역을 뜻한다.

나이가 들면 사람이 둥글둥글해진다는 소리를 흔히 접한다. 젊을 때만 해도 상당히 까칠했던 사람이 나이를 한 살씩 먹을수록 온화해진다는 것이다. 어릴 적부터 그런 이야기를 들었기 때문에 나는 사람은 나이가 들수록 성숙해진다고 이제껏 생각해왔다.

무난하게 생각해봐도 그쪽이 그럴싸해 보인다. 사람은 오래 살다 보면 여러 가지를 경험하고 무언가를 배우게 된다. 그리하여 매사에 동요하지 않게 되고 곤란한 상황에 처한 사람에게는 적확한 조언을 던질 수 있게 된다. 그리고 트러블을 원만하게 해결하는 지혜가 생기고 조바심이 사라지는 데다 여간해선 화를 내지 않고 너그러워진다. 이것은 마치 누구나 나이를 먹기만 하면 득도한다고 믿는 것과 같은데, 애초에 나는 그걸 당연하게 여겼다. 요리도 10년, 20년 계속하다 보면 그만큼 솜씨가 늘고, 러닝도 계속하다 보면 언젠가 풀마라톤을 완주할 수 있다. 계속해나가는 것은 성장하는 것이다. 따라서 세월을 보내다 보면 사람은 단련되어 인생에서도 성장해나갈 것이다.

그런데 최근 들어 이런 사고방식이 틀렸을지도 모른다는 생각이 들기 시작했다.

오랜 친구가 하는 행동을 보다가 그런 생각이 들었는데, 예를 들어 그를 A씨라고 하겠다.

A씨는 나보다 나이가 스무 살쯤 많지만 20년 지기에 나는 그를 친구라고 생각한다. 어느 날, A씨를 비롯한 열댓 명이 모이는 술자리가 열렸다. 늘 그렇듯 연령대는 천차만별이라도 다들 허물없이 기분 좋게 술을 주거니 받거니 하고 있었다. 그런데 중반에 문

득 A씨의 목소리가 쩌렁쩌렁하게 울리고 있다는 사실을 깨달았다. 그쪽을 유심히 살펴보니, 별반 이렇다 할 이야기를 하는 건 아니었지만 A씨는 "알다마다, 나야 원래부터 잘 알지" 하는 말을 반복해가며 아는 근거가 되는 에피소드를 펼치고 있었다. 그리고 누군가가 말을 꺼낼라치면 그 말을 가로막고서 자기 이야기만 떠들어댔다.

유별난 광경은 아니었다. 평소와 전혀 다를 바 없는 술자리 풍경이었다. 하지만 나는 문득 이런 생각이 들었다. A씨는 이미 일흔 해를 넘게 살아왔는데 왜 저렇게 기를 쓰고 '안다'는 소리를 하는 걸까? 비난하려는 게 아니라, 단순히 궁금했다. A씨는 실제로 박식한 데다 문예뿐만 아니라 여러 분야에 두루두루 밝은 사람이었다. A씨가 이 분야 저 분야 할 것 없이 빠삭하다는 사실이라면 다들 알고 있다. 그러니 그렇게 기를 쓰고 나서서 안다는 소리를 하지 않아도 될 텐데 A씨는 여전히 자신이 잘 안다는 사실을 주장하고 있었다. 젊은 친구들보다도 큰 소리를 내며 남의 이야기까지 가로막고 "내가 말이지"라고 말하고 있었다. 분명 젊은 시절부터 그랬을 텐데, 그 행동이 질리지 않는 걸까?

그때까지의 내 지론이라면 A씨는 다른 누구보다 말수가 적은 사람이 되어 있어야 할 터였다. 모두가 자신이 박식하다는 사실을 잘 알고 있고, 지나치게 나서는 것도 어딘가 보기에 좋지 않을 테니 말이다. '큰 소리를 내기도 지친다 지쳐. 이젠 젊은 친구들이 하는 이야기를 듣다가 그 친구들이 뭔가 물었을 때 조용히 답해주면 충분해.' 그렇게 생각하게 될 터였다. 하지만 실상은 달랐다. A 씨는 A씨다운 면이 세월을 거쳐 오면서 더욱 부각되고 있었다!

그 사실에 나는 충격을 받았다. 예전부터 가져온 생각이 무너져 내리는 느낌이었다. 그 후 나는 주로 술자리에서 오랜 친구들을 유심히 살펴보게 되었다.

그리하여 내가 한때 가지고 있던 이론, 나이가 들수록 사람은 성숙해진다는 생각은 멋지게 무너졌다.

사람은 나이가 든다 해서 반드시 더 나아지지만은 않는다. 매사에 동요하지 않게 되고 누군가에게 조언을 건넬 수 있게 될지도 모르지만 반드시 지혜로워진다고도 똑똑해진다고도 할 수 없다. 성격이 급한 사람은 갈수록 더 급해지고, 불같은 사람은 갈수록 더 불같아지는 등 대부분 내면의 그릇이 작아진다. 너그러워 보일 때도 있지만 그것은 그 사실을 인정해서라기보다 아무래도 상관없어서, 즉 무관심해서다.

굳이 따지자면 장점보다 단점이 갈수록 더해가는 느낌도 든다.

물론 장점이 줄어드는 것은 아니다. 다만, 단점이 돌출되면서 장점이 눈에 띄지 않게 되는 것이다. 그러나 단점이라고 해도 심각한 수준은 아니다. 성미가 급하거나 눈에 띄고 싶어 한다거나, 타인에게 무심하거나 건망증이 심하다거나, 썰렁한 농담을 던져야 직성이 풀리거나 자랑하기를 좋아한다거나 참을성이 부족한 등 별 문제될 것 없는, 우리 안에도 충분히 자그맣게 자리 잡고 있는 것들이다.

그렇다. 이와 같은 소소한 단점은 우리 내면에도 자잘하게 채워져 있다. 하지만 이러한 단점들이 별안간 모습을 드러내지 않도록 우리는 늘 주의를 기울인다. 너무 조급하게 굴면 다른 사람들을 피곤하게 만들 수 있다거나, "내가 말이야" 하는 이야기는 꼴사나워 보일 수 있다거나, 주문하고 나서 요리가 20분이 지나도 나오지 않는 일 정도로 화를 벌컥 내서는 안 된다는 식으로 자제하고 있다. 아마도 40대인 나보다 30대가 자제하고자 하는 마음이 훨씬 강할지도 모른다. 20대는 어쩌면 그러한 결점들에 아직은 눈을 뜨지 못했을지도 모르고 말이다.

삶은 분명 여러 가지를 경험하는 일이지만 경험을 통해 현명해진다기보다 경험함으로써 '자제하지 않아도 무탈하다'는 사실을 알아가는 일일지도 모른다. 요리를 오래 하다 보면 어느 과정을 생략해도 되는지를 알게 되는 것처럼 말이다.

그리고 한 가지 더 알게 된 중요한 사실이 있다. 그건 결점을 없애려 들기보다 미워할 수 없는 사람이 되는 게 훨씬 중요하다는 사실이다. 결점이 얼굴을 드러낸 오랜 친구들은 다들 하나같이 미워할 수 없는 사람들이다. 아무리 목소리가 크든 아무리 제멋대로 굴든 아무리 자기애가 강하든 미워할 수가 없다. 더구나 그런 부분이 그 사람의 본질처럼 느껴지기도 한다. 일흔이 넘어서도 목청을 한껏 높여서는 "나야 잘 알지"라고 자꾸만 말하는 것이, 예순이 지나서도 "주문한 와인이 너무 늦는데 어떻게 말 좀 해봐"라고 5분에 한 번꼴로 재촉하는 것이 매력적으로 느껴진다. 이 '미워할 수 없는 마법' 덕분에 그들은 이렇게도 다양한 사람들에게 둘러싸여 자신들의 매력적인 단점을 무럭무럭 키워나가고 있다.

3월에 또다시 한 살을 더 먹은 나도 앞으로 점점 자제의 끈을 느슨하게 풀어나가게 될 것이다. 자신의 결점이 이미 얼굴을 드러내기 시작했다는 사실은 어렴풋이 자각하고 있다. 결점을 없애거나 극복하는 것은 근본적으로 무리다. 그러니 목표로 삼아야 하는 것은 삶을 깨우치거나 현명해지려는 것보다 '도무지 미워할 수 없는 존재'가 되는 것이다.

나이를 먹다 보면 잃는 게 허다하다. 체력도 그렇지만 기초대
사량도 마찬가지다. 호기심이나 무모한 면도 줄어든다. '잃는다'
는 말이 애초에 부정적인 어감을 띠고 있어서 젊은 시절이 더 낫
다는 착각을 하기 마련이지만 잃어서 내심 다행이다 싶은 것도 분
명히 존재한다.

예를 들어 나 같은 경우에는 자의식이 그렇다.

내가 가진 자의식의 대부분은 외모 콤플렉스에서 비롯되었다.
10대부터 20대 중반까지가 절정을 이루었고 그 이후에는 하강선

을 완만히 그려나갔다.

부모님이나 친척이 '귀엽다'고 하는 말과 제삼자가 '귀엽다'고 하는 말에 담긴 의미가 하늘과 땅 차이라는 사실을 깨달은 것은 중학생이 되고 나서였다. 초등학생 때 친척이 아닌 또래 남자아이도 나한테 귀엽다고 말해줬던지라 무의식적으로 나 자신을 귀여운 축으로 분류하고 있었지만, 그게 가당치도 않은 오해였다는 사실을 태어나서 처음으로 깨달은 것이다. 성별을 의식하기 시작하는 초등학교 고학년 남학생이 하는 귀엽다는 말은 당연하게도 친척들이 해주는 예쁘다 예쁘다 하는 말에 가까웠다. 연애로 발전하기를 바라는 마음에 하는 귀엽다는 말은 우선 다른 사람이 있는 앞에서 당당하게 할 수 있는 게 아니었다.

내가 예쁘지 않다는 사실은 훨씬 오래전부터 자각하고 있었지만, 귀엽다는 것을 방패 삼고 있었다. 그러나 제삼자의 시선에서는 귀엽다는 범주에서마저도 벗어나고 말았다. 이 사실에 나는 겁이 났다. 하물며 비슷한 시기에 나는 살이 통통하게 오르기 시작했는데, 통통해져 간다는 사실에도 겁을 먹고 있었다.

이 외모 콤플렉스에는 도망칠 길이 있었다. '난 귀엽지는 않을지 몰라도 못난이 축에는 안 들겠지', '난 날씬하진 않지만 뚱뚱하다기보단 통통한 축일 거야'라는 '중용'에 죽자 사자 매달렸던 것이다. 이 중용은 어떤 의미에서는 파라다이스였다. 그곳에 안주하다 보면 예뻐지고 날씬해지고자 하는 노력을 내팽개칠 수 있었다. 게다가 나는 여학교에 다니고 있었기 때문에 이성이라는 존재를 그 중용에 끌어들이지 않을 수 있어서 파라다이스는 갈수록 그럴듯한 모습을 갖춰나갔다.

파라다이스라는 것은 모든 것이 장밋빛으로 찬란하게 빛나며 마냥 행복하다는 상황과는 다르다. 노력을 하지 않아도 된다, 애쓰지 않아도 된다, 지금 이대로도 괜찮다, 아무것도 하지 않아도 된다는 의미에서의 파라다이스였다. 그래서 왠지 모르게 괴롭기 마련이다. 자신이 예쁘지 않다는 사실이 괴로웠고, 퍼질러져서 도넛과 코코아를 먹고 마시고 감자칩 한 봉지를 탈탈 털어 먹어치우는 바람에 여드름을 올라오게 하면서도 괴롭다는 생각에 허우적댔다. 편한 것과 행복한 것은 전적으로 별개였다.

지금 생각해보면 이상한 일이다. 원래 예뻤다가 못생겨져서 심정이 괴롭다면 이해하겠지만 애초에 예쁘지 않아서 아무것도 잃은 게 없는데 왜 그렇게 힘들었을까. 하지만 얻고 잃는다는 면이 아니라 내가 나라는 사실이 괴로웠는지도 모른다.

여학교를 졸업해서 이성도, 연령이 다른 사람도 존재하는 세계로 나오자 나의 파라다이스는 무너졌다. 막연히 괴로웠던 심정은 그 길로 콤플렉스가 되었다.

나는 예쁘지도 귀엽지도 않았다. 예전에는 '아무리 그래도 못 생기진 않았겠지'라는 도피처가 있었다. 하지만 '귀엽다와 못났다 로 나눈다면 못생긴 축에 들어가지 않을까'라고 생각하기 시작하 면서부터는 심적으로 몹시 힘들었기 때문에 '만약 백 명의 이성이 판단한다면 다섯 명쯤은 귀여운 축에 넣어줄 만큼은 생겼을 거야' 하고 스스로도 오싹할 만큼 구체적으로 서열을 따지고 있었다.

이성 문제가 얽히자 콤플렉스는 더욱 깊은 수렁에 빠졌다. 연 애 사업이 술술 풀리면 괜찮았지만 그렇지 않으면 그 이유는 전부 외모 탓으로 돌아갔다. 내가 좀 더 예쁘고 사랑스러웠더라면 그 사람과 잘됐을 텐데 싶었다. 행여 좋아하는 사람이 다른 여자와 걷고 있으면 우선 그 사람의 외모부터 체크했다. 물론 다들 나보 다는 예뻐서 또다시 주눅이 들었다.

이것은 하강선을 그리며 30대 전반까지 이어졌다. 연인이 생겨 도 역시 외모 콤플렉스는 나를 따라다녔고, '귀엽다와 못났다, 둘 로 나누면 나는 어디에 위치할까' 하는 이상한 사고방식을 버리지 못했다.

30대 중반을 지나자 마침내 그런 문제에서 해방되었다. 자의식은 여전히 존재했지만 외모 문제에 대해서는 놀랄 만큼 무심해졌다. 아무래도 상관없어졌다. 자신이 못생겼든 아니든 정말로 아무래도 상관없어졌다. 예뻐야 한다는 속박에서도 벗어났다. 예전에는 지나가던 젊은 남자에게 '못생겼다'는 소리를 들으면—실제로 몇 번쯤 그런 소리를 들었다—며칠 동안 우울의 늪에서 허우적댔지만 나이를 먹자 젊은 남자들이 나를 쳐다볼 일이 애초에 줄었다. 이제는 못생겼다는 소리를 들으면 '혹시 나한테 관심 있는 거 아냐?' 하고 뻔뻔스럽게 남몰래 웃지 않을까 싶다.

이제 신경 쓰이는 건 외모가 아니라 품행이다. 나 자신을 위해서 신경을 곤두세우는 게 아니라, 만나는 상대에게 실례가 되지 않을지 상대를 불쾌하게 만들지는 않을지가 염려스럽기 때문이다. '내일 만나는 사람에게 실례가 될지 모르니 몸단장을 해두자', '예의를 차려야 하는 자리니까 옷을 나름대로 갖춰 입자', '민낯으로 나가면 상대에게 실례가 되겠지.' 그런 점들을 신경 쓰게 되므로 내가 맞서는 대상이 세상 사람들이나 이성의 시선이 아니라 나 자신의 변변찮음이 되었다.

전철이나 버스를 타고 가다가 교복을 입은 여학생이 여럿 타면 그 눈부신 모습에 넋을 놓을 때가 있다. 사랑스럽고 예쁘다는 생각이 든다. 그들은 얼굴이 아니라 그 모습 자체에서 빛을 뿜는다. 그리고 그 빛이 사랑스럽고 예쁘기만 하다. 어떤 아이가 내뿜는 빛이든지 말이다. 그럴 때면 젊음이란 굉장하구나 싶다.

하지만 그 아름다움에 대해서 10대의 나에게 설명한들 나는 내 말을 듣는 둥 마는 둥 하며 고개를 푹 숙인 채 주눅이 들어서는 끙끙댈 것이다. 그렇게 고개를 숙이면 숙일수록 빛을 점점 잃어간다는 사실을 모르고서.

좋아하는 말

제로칼로리라든지 저칼로리라는 말은 어쩜 그렇게 매혹적일까. 오래전에는 칼로리라는 말을 거의 듣지 못했다. 당연히 저칼로리 상품이라는 것도 존재하지 않았다. 동일한 상품이 저칼로리와 일반 칼로리 두 종류로 나란히 놓여 있으면, 나는 백이면 백 저칼로리 제품을 택한다. 제로칼로리가 있다면 제로칼로리를 택할 것이다. 칼로리를 낮춘 칼피스 다이어트라는 제품이 나왔을 때도 얼마나 기다렸는지 모른다며 속으로 만세를 불렀다.

하지만 세상에는 칼로리가 있는 상품을 선택하는 사람도 존재한다. 지인인 중년 남성은 탄산음료든 식품이든 저칼로리인 것은 일단 제쳐두고 고칼로리를 구입한다고 한다. 그는 "가격이 같은데 아깝게 칼로리 낮은 걸 왜 사"라고 말했다. 당연하게도 이 사람은 여간해선 살이 찌지 않는 체질이어서 젊은 시절에는 그 일로 고민이 많았던 모양이다.

실제로 나는 칼로리를 선호한다. 같은 음료나 식품이라고 해도 일반 칼로리 상품과 저칼로리 상품을 먹고 마셔서 비교해보면, 나는 절대적으로 칼로리가 높은 쪽이 맛있게 느껴진다. 예를 들어 우유가 그렇다. 나는 우유라면 사족을 못 쓰지만, 그렇다 해도 칼로리가 낮은 저지방 우유나 무지방 우유에는 손도 대지 않는다. 평범한 우유처럼 사랑할 수 없다. 맛이 하늘과 땅만큼 차이가 나니 말이다.

우리 집 오븐으로는 기름을 사용하지 않아도 튀김을 튀길 수 있어서 갓 사용할 무렵에는 저칼로리라며 어깨에 힘이 바짝 들어가서 가라아게나 돈가스를 만들었다. 확실히 버젓한 가라아게와 돈가스가 완성되는 데다 부엌이 난장판이 되지 않고 기름 뒤처리도 깔끔해서 딱이라고 생각했다. 생각은 그렇게 했지만 역시 어느 쪽이 맛있냐고 묻는다면 기름으로 튀겨낸 쪽이라고 말하고 싶다. 기름으로 튀기지 않은 튀김을 한바탕 만들어본 후에 결국에는 다시 기름으로 복귀했다.

아마도 내가 좋아하는 음식 중에는 '칼로리'라는 게 있나 보다. 내가 좋아하는 음식은 돼지고기, 양고기, 가지, 두부껍질, 칼로리, 복숭아, 배, 이런 식으로 말이다.

그러나 맛있다는 이유만으로 단순히 좋아하는 음식을 선택하는 것은 서른 중반을 지났을 무렵까지였다. 방심한 채 칼로리 사랑에 허우적대고 있다가는 중성지방 수치가 순식간에 올라가서 고지혈증 판정이 나올지도 모른다는 자각이 모락모락 피어올랐다. 저지방 아이스크림보다 하겐다즈의 쿠키앤크림이 맛있다는 사실은 사무치게 잘 알고 있지만, 지금은 우선 저지방 음식을 먹는 선에서 만족하자는 쪽으로 마지못해 바꾸었다. 저칼로리, 제로칼로리라는 말이 맛있다와 맛없다는 분류에서 또 다른 빛을 띠게 된 것이다.

최근 들어서 나에게 매혹적으로 느껴지는 말이 또 늘었다. 그건 바로 '디톡스'다.

맨 처음에 이 말을 들었을 때는 오싹했다. 어둡게 느껴지는 어감이 무서웠다. 더구나 이 말에 담긴, 체내에 축적된 독소나 노폐물을 배출시켜준다는 뜻도 무서웠다. 독소라는 말 자체도 무서웠고, 노폐물도 '신체적 찌꺼기'가 '물질'로 존재한다는 점에서 무서웠다. 그것을 배출시킨다는 설명의 애매모호함도 왠지 모르게 섬뜩했다. 나는 이 말을 처음 들었을 때 '노폐물'이 '물질'인 만큼 고형물을 상상했다. 담석과 같은 것으로 말이다. 그것이 무언가를 함으로써 어딘가에서 디톡스가 된다고 이해했다. 담석이 생기면 죽을 만큼 아프다고 하니 노폐물도 배출될 때는 그 나름의 고통이 수반되리라고 생각해서 그 사실 또한 두려웠다.

하지만 아무래도 그렇지는 않은 모양이었다. 노폐물도 독소도 고형물이 아니라 미세한 형태로 땀이나 배설물 등과 함께 배출된다고 한다.

여기까지 무난하게 이해하고서 비로소 '아!' 하고 짚이는 구석이 있었다.

마사지를 받고 난 후에 괜히 화장실에 가고 싶어질 때와 그렇지 않을 때가 있다는 사실에 생각이 도달한 것이다. 마사지란 발지압이라든지 림프드레나지(Limphdrainage) 등을 말하는데 시술 중에는 딱히 아무렇지도 않다가 끝나기가 무섭게 화장실에 가고 싶은 마음이 간절해질 때가 있다. 그 사실이 평소에도 의아했는데 그건 배설물이나 독소가 자연스럽게 배출되도록 유도되었다는 뜻이 아닐까.

의학적, 과학적, 객관적 근거가 눈곱만큼도 없는 단순한 개인적인 감각에 의지해서 내 나름대로 '디톡스'를 몸소 이해했다. 화장실에 가고 싶은 마음을 불러일으키는 마사지가 나한테 효과적이고, 그렇지 않은 것은 효과를 온전히 보지 못한 게 아닐까 하고 이해하자마자 디톡스라는 말에서 어둠의 공포가 말끔히 가시고 이 말이 매혹적으로 빛나기 시작했다.

지금은 디톡스라는 말을 들으면 "뭐가 뭐가? 뭐가 디톡스에 좋다고?" 하고 고개를 들이밀고 싶어진다.

나이가 들면 건강과 관련된 말이 서서히 혹은 갑자기 이제까지와 다른 빛을 띤다는 생각이 요새 부쩍 들지만, 태생이 게을러서 그에 대한 지식에 파고들지는 않는다. 노폐물과 독소의 관계도 잘 모르겠고, 어째서 화장실에 가고 싶어지게 만드는 마사지와 그렇지 않은 마사지가 존재하는지도 모르겠다.

하지만 이 정도가 딱 괜찮지 않을까 싶다. 예전에 직장에서 은퇴한 오랜 친구가 느닷없이 "이젠 만사가 다 귀찮아" 하는 소리를 꺼낸 적이 있다. 대체 무슨 일이냐고 친구에게 물어보자 한가해서 매일 낮에 텔레비전을 보는데 엊그제는 낫토가 좋다더니 어제는 소송채가 좋다 하고 오늘은 코코아가 좋다고 했다고 한다. 친구가 진지하게 보고 있자니 '좋다'고 하는 근거가 전부 납득이 가는지라

장을 보러 갔다고 하는데, 내일이면 분명 또 다른 게 좋다고 할 테고 내일모레 또한 그럴 것이다. 그래서 전부 받아들이다가는 어떻게 되는 건가 싶었다고 한다. 지식을 지나치게 받아들이다 보면 그건 그거대로 만사가 귀찮아지는 모양이다.

예전에는 좋아하는 말이 뭐냐는 질문을 받으면 인생을 담은 격언이 튀어나왔는데, 지금 그런 질문을 받았을 때 순간적으로 생각나는 말이 '저칼로리'나 '디톡스'라고 하면 조금 난감하지 않을까. 물론, 속으로만 떠올리지 입 밖으로 곧이곧대로 꺼내지는 않겠지만 말이다.

안경을
동경하다

시력에 대해서 이러니저러니 생각해본 적이 없다. 생각해본 적
이 없다는 것은 상당히 염려스러운 일이다. 생각한다는 습관이 길
들여져 있지 않다는 뜻이니 말이다. 생각하는 것 자체가 생각나지
않는 경우마저 있다.

어릴 적부터 시력만큼은 좋았다. 쭉 1.5였다. 초등학생일 때부
터 고등학교를 졸업할 때까지 늘 변함없이 1.5였기 때문에 이미
발 사이즈처럼 변동될 일이 없다고 무의식적으로 받아들이고 있
었다.

대학생이 되고 나서 나는 갑자기 안경을 동경하게 되었다. 왠지 멋있다는 생각이 들었던 것이다. 시력이 나빠지면 좋겠다는 불손한 생각도 했지만, 그럼에도 여전히 1.5였기 때문에 패션안경을 샀다. 하지만 패션안경을 쓰면 왠지 초라해 보였다. '패션'이라는 사실이 너무 적나라하게 들여다보여서 '멋을 부리고 싶다', '변신하고 싶다'는 자의식까지도 훤히 드러나는 것 같았다. 패션안경은 구입하고서 결국 몇 번도 사용하지 않은 채 서랍에 처박아뒀다. 그 후 안경과는 남처럼 살아왔다.

사물이 잘 안 보인다고 처음으로 생각한 것은 30대 중반을 지나서였다. 절반은 재미삼아 안경점에 가서 시력을 재봤더니 양쪽 모두 놀랍게도 0.4라고 했다. 시력이 눈에 띄게 떨어진 것이다! 나는 신바람이 나서 그 자리에서 안경을 맞추기로 했다. 갖가지 형태의 안경테를 설레는 마음으로 시착해봤지만 어째 거의 전부 얼굴과 따로 놀았다. 이렇게도 오랫동안 안경과 내외하고 살다 보면 안경이 어울리지 않는 얼굴이 되는구나 하고 사무치게 느꼈다. 이거라면 그나마 어울리겠다 싶은 형태를 겨우 하나 건졌다. 안경점 직원이 가장 많이 착용하는 타입인 렌즈가 가로로 조금 긴 타원형 테였다.

안경이 완성되자 그 안경을 끼고 집까지 돌아왔는데, 사람 얼굴이 선명하게 보여서 놀랐다. 지금까지는 마냥 흐릿하게만 보였는데 이젠 다들 또렷하고 확실하게 보였다. 내가 너무 심히 뚫어져라 쳐다보니 상대도 미심쩍은 얼굴로 다시 쳐다보는 것까지 보였다. 게다가 색채가 선명했다. 나무들의 초록은 이토록 싱그러웠구나, 도로에 그어져 있는 흰 선은 이만치 하얬구나 하고 일일이 감동했다.

영화를 보면서도 놀랐다. 자막이 일그러져 보이지 않는 데다 세밀한 부분까지 어쩜 그렇게 잘 보이던지.

연극을 보면서도 놀랐다. 배우들의 표정이 이렇게나 풍부했던가. 10년쯤 전까지만 해도 그와 같은 선명함과 또렷함 속에서 살면서 영화나 연극을 봤을 텐데 너무 서서히 보이지 않게 됐던지라 알아차리지도 못했다.

반대로 볼링을 칠 때는 안경을 쓰는 바람에 게임이 잘 안 풀렸다. 이제껏 흐릿하게 일그러져 보였던 볼링핀이 너무 또렷하게 보여서 어째 잘 쳐지지가 않았다. 겨냥한 대로 볼링공이 굴러가지 않았던 것이다. 안경을 벗으니 그제야 평소처럼 칠 수 있었다.

왠지 신기한 마음에 안경을 가지고 다녔지만 30여 년이나 내외하며 살아온지라 익숙해지질 않았다. 내내 쓰고 있으면 살짝 거슬렸다. 그래서 휴대하게 되었는데 늘 깜박하고 챙겨 다니질 않는다. 선명한 세상에 감동한 것은 초반 무렵뿐 갈수록 가지고 다니지 않게 되었다. 영화나 연극이나 콘서트를 관람할 때나 챙겨갔다. 하지만 그것도 깜박하기 일쑤였다. 0.4라는 것은 잘 보이지는 않지만 맨눈으로도 여전히 어느 정도 보이는 상당히 어중간한 시력이었다.

그 후 건강검진을 받으러 다니면서 해마다 시력을 꼼꼼하게 체크하게 되었다.

시력을 잴 때 시력검사지가 아니라 검사기로 바뀌었지만 어린 시절과 전혀 다를 바 없었다. 고리를 본다. 구멍이 뚫려 있는 게 오른쪽인지 왼쪽인지를 말한다. 어느 부분부터 보이지 않으면 내가 감으로 답을 찍는 습관이 있다는 사실을 깨달았다. 거의 보이지 않지만, 어쩐지 위가 뚫려 있는 것 같아서 '위'라고 말한다. 그러면 그것보다 더 쪼끄만 고리가 등장한다. 아, 맞혔구나 싶은 생각이 든다. 이번 고리는 더 잘 안 보이지만 별 생각 없이 왼쪽이라고 말해본다. 조금 더 큰 고리로 바뀐다. 틀렸구나 싶다. 그 모양은 확실히 보여서 '오른쪽'이라고 말하자 또다시 잘 보이지 않는 동그라미가 등장하지만 조금 전에는 오른쪽이었으니 이번에는 '아래'라고 시도해본다.

어떻게 그런 사실을 알아차렸냐면 시력 변동이 심했기 때문이

다. 0.4였던 이듬해에 0.9가 나오질 않나 그 이듬해에는 다시 0.4
로 돌아가기도 했다. 시력은 피로도나 그날의 몸 상태에 따라 의
외로 달라진다는 말을 들은 적 있지만 시력이 좋은 해는 내가 감
으로 찍은 답이 용케도 맞은 것 같다는 느낌이 심히 드는 바다.

　안경을 쓰지 않는 같은 세대의 친구 몇몇이 최근에 안경을 챙
겨 다니기 시작했다. 돋보기였다. 레스토랑에 들어가서 자리에
앉으면 우선 안경부터 꺼내 쓴다. 그 모습을 볼 때마다 나는 설렌
다. 왠지 다들 멋스러워 보인다. 평상시 안경을 쓰지 않는 사람이
이렇게 잠깐씩 쓸 때면 역시 괜찮구나 싶다. 제 안경은 깜박하고
챙겨 다니지 않는 주제에 패션안경을 동경하는 마음이 든다. 아마
도 안경은 내게 있어서 비일상인 모양이다. 여느 때 안경을 쓰지
않는 사람들이 레스토랑에서 안경을 쓰는 순간만큼은 소소한 비
일상으로 느껴지는 듯하다.

　시력이 0.9로 올라갔을 때 친구들에게 그 이야기를 꺼내자 다
들 노안이 온 게 아니냐고 했다. 노안이 오면 평소에 시력이 나쁜
사람은 시력이 올라간다고 한다. 올 것이 왔구나 싶어서 맥이 탁
풀리는 마음과 설레는 마음이 동시에 느껴졌는데 시력검사를 받
을 때 단순히 내 감이 실력 발휘를 했을 뿐인지 여전히 노안은 찾

아오지 않았다.

하지만 머지않아 노안은 확실히 찾아올 것이다. 새 안경이 내 손에 또 들어오리라는 생각이 드니 역시 조금은 흐뭇하다.

아,
신이시여

신이 나타나서 자신의 외모 중 단 한 군데를 바꿔주겠노라고
하면 어디를 바꾸겠는가.

젊은 날에 친구들과 지칠 줄 모르고 진지하게 그런 이야기를
나눈 적이 있다.

외모에서 바꾸고 싶은 곳이라면 한두 군데가 아니었다. 얼굴도
조막만해지고 싶고, 굵은 뼈대도 무슨 수를 내고 싶고, 코도 오뚝
해지고 싶었다. 그리하여 몸부림치며 고민한 끝에 '배가 홀쭉하게
들어가게 해줬으면 좋겠다'고 답했다.

이런 화제가 불타올랐던 이유는 '정말 그거면 충분하겠는가' 하고 토론 형식으로 모두의 고찰이 시작됐기 때문이다. 예를 들어 친구 A가 '턱을 갸름하게 만들어줬으면 좋겠다'고 말하면, 말이 나오기가 무섭게 B가 "얼굴형은 나이가 들면 바뀌잖아. 턱도 갸름해질 거야"라고 반론하고 나한테는 "배는 노력에 따라 어떻게든 될 거야"라고 서슴없이 말하더니 본인은 '롱다리로 만들어줬으면 좋겠다'고 말했다. 다리 길이만큼은 달라지지 않는 데다 노력으로 어찌 할 수 있는 문제가 아니기 때문이라고 했다. 하지만 길쭉한 다리가 그렇게 매력적인가 하는 이야기를 C가 꺼내더니 그 C는 '둔해 보이니까 가슴이 작아졌으면 좋겠다'는 바람을 드러냈다. 그러자 그 소망에 다들 엄청난 야유를 쏟아내며 붕대라도 감고 다니라고 비난을 퍼부었다.

따분한 시절이었고, 고민거리랄 것도 없었다. 이런 이야깃거리로 몇 시간이고 수다를 떨었다.

20년이 지난 지금, 내 바람은 180도 다르다. 외모에서 단 한 가지를 바꿔주겠노라는 제안을 받으면 배도 아니고 다리 길이도 아니고 이목구비도 아무래도 상관없다. 무지외반증을 어떻게든 간절히 고쳐달라고 싶다. 그것밖에 없다.

그리고 그 무렵, 왁자지껄 말씨름을 벌이던 풋풋한 아가씨들에게 있는 설득력 없는 설득력을 전부 끌어다가 말하고 싶다. 안목을 좀 더 넓게 가지고 생각하라고. 턱도 배도 다리 길이도 가슴 크기도 하나같이 누군가에게 잘 보이기 위한 외모의 문제가 아닌가. 하물며 턱이 갸름한 편이, 배가 쏙 들어간 편이, 다리가 길쭉한 편이, 가슴이 풍만하거나 아담한 편이 겉보기에 좋다는 심플한 가치 기준이 존재한다고 믿고 있는 모양인데, 그건 허상이다. 10년도 채 지나지 않아서 허상이라는 사실을 알게 될 것이다. 따라서 외모 때문도 이목 때문도 아니라 자신을 가장 불편하게 만드는 것을 바꿔야 한다고 전하고 싶다.

그렇다. 무지외반증은 현재 나를 가장 힘들게 하는 신체적 문제다. 오른발이 상당히 심하다. 젊을 적에 굽이 있는 구두를 신은 적도 없는데 정신을 차려보니 무지외반증에 걸려 있었다. 언제 알아차렸냐면 아이러니하게도 30대 중반에 공식적인 석상에 참석하기 위해 펌프스를 구입했을 때였다. 이제껏 운동화를 비롯해서 편하게 신을 수 있는 신발만 찾았기 때문에 내가 무지외반증이라는 사실도 모르고 살았다.

무지외반증은 신을 수 있는 구두가 한정되어 있다는 점이 가장 서글프다. 구두를 사러 갔을 때 신고 싶은 구두가 아니라 신을 수 있는 구두를 골라야만 한다. 신을 수 있을까 싶어서 샀다가 결국엔 아파서 못 신고 굴러다니는 구두가 얼마나 많은지 모른다. 사기 전에 신어보면 되지 않냐고 생각하는 사람은 무지외반증과 인연이 없는 사람일 테다. 사기 전에 신었을 때는 아프지 않은 구두가 태반이다. 하지만 몇십 분 걷다 보면 주체할 수 없을 만큼 고통스러워진다. 그렇게 오랫동안 시착해볼 수 없는 노릇이지 않은가.

무지외반증 전용 구두도 있다는 사실은 물론 알지만, 그것들은 멋과는 거리가 멀다. 그리고 나는 어떻게든 멋과 양립시키고 싶다.

백화점 슈즈 코너에 슈 피터(shoe fitter, 고객의 발에 꼭 맞는 신발을 찾아주는 슈즈 전문 어드바이저─옮긴이) 명찰을 단 직원이 일반적으로 상주하게 된 것은 최근 몇 해 사이의 일이다. 그 사람들을 발견할 때마다 요 몇 년 동안은 늘 상담을 구했다. 내가 원하는 구두 스타일과 예산을 전했을 때 그들이 무지외반증을 앓고 있어도 신을 수 있는 구두를 몇 가지 골라준 적도 있다. 아니면 직접 몇 켤레를 골라다가 어느 신발이면 무지외반증인 사람도 신을 수 있는지를 물은 적도 있다. 하지만 그런데도 흡족하게 쇼핑을 한 적이 일단 없다. 생각건대 무지외반증을 몸소 알고 있는 슈 피터가

없는지 세상에 존재하는 굽이 있는 구두 대부분은 무지외반증이
아닌 사람을 위해서 만들어져 있었다.

러닝을 하게 되면서 구두를 살 때와 마찬가지로 까다로운 문제
를 끌어안게 되었다. 장거리를 달리면 달릴수록 무지외반증인 부
위가 고통스러웠던 것이다. 숨이 차고 가슴이 답답하고 다리가 묵
직해지면서 생각처럼 움직여지지 않는 것과는 차원이 다른 고통
이다. 달리던 중에 이 통증이 심해지면 나는 매번 인어공주를 생
각한다. 아름다운 목소리와 맞바꿔 다리를 얻었지만 걸을 때마다
그 다리에서 불이 타오르는 듯한 고통이 느껴진다. 어린 시절에
좋아하는 사람을 위해서 그렇게까지 하겠냐는 생각을 하면서 읽
었던 스토리를 떠올리며 인어공주가 품은 사랑의 무게에 새삼 깜
짝 놀란다. 이런 고통을 받아들였던 것이다. 다리의 고통과 맞바
꿔서 나는 아무것도 얻지 못했지만, 어쨌거나 인어공주의 고통을
지금이라면 알 것 같다. 그리고 내 고통을 이해해주는 사람도 인
어공주밖에 없지 않을까라는 생각을 하며 달린다.

통증이 너무 심해서 견디다 못해 러닝 코치도 겸하는 정체사에
게 부탁해 운동화를 무지외반증용으로 리폼하고 깔창도 만들었
다. 장거리를 달릴 때 하는 테이핑법도 배웠다. 꽤 안락해졌지만
역시 오래 달리다 보면 버거워진다. 풀마라톤을 달린 후에는 오른

발 감각이 사라질 정도다.

허리를 처음 삐끗했을 때 허리를 삔 적 있는 세상과 삔 적 없는 세상이 또렷하게 나눠져 있다는 생각이 들었다. 무지외반증도 마찬가지로 이 고통이 있는 세계와 없는 세계가 또렷하게 나눠져 있는 것 같다. 허리를 삐끗했을 때와 다른 점은 무지외반증이 존재하는 세상에 사는 주민은 실로 적다는 것이다. 좀 더 많아지면 통증을 완화시켜주는 정보도 많아지고 '빅사이즈'와 '스몰사이즈'가 진열된 의류 코너처럼 좀 더 당연하게 무지외반증용 구두가 여러 종류 모여 있는 전용 매장이라도 생기지 않을까.

이렇게 침을 튀겨가며 집요하리만치 이야기를 하다 보면 배가 홀쭉하게 들어가기를 꿈꾸던 20대의 나도 어쩔 줄 모르면서 "알, 알겠습니다, 말씀에 따르겠습니다"라고 납득해주겠건만 물론 그런 바람을 들어줄 신은 나타나지도 않았고 장차 나타날 기미도 없다. 앞으로도 계속해서 이 고통과 더불어 살아가야만 한다. 인어공주를 마음의 벗으로 삼고 살아가는 수밖에 없다.

기다리고는
있지만

　이제 머지않아 찾아오리라고 생각하며 기다리는 신체 관련 증
상으로 노안과 갱년기 장애가 있다. 노안은 같은 세대 친구들에게
연달아 찾아와서 어떤 것인지 얼추 알고 있다지만 갱년기 장애는
그리 쉽게 알 수 있는 게 아닌 모양이다. 게다가 "왔어?", "왔지
뭐야" 하고 노안에 대해서 말하듯이 서로 이렇다 저렇다 이야기
할 만한 대상도 아닌가 보다. 내 주위에서 갱년기 장애에 대해 말
하는 같은 세대 사람은 찾아보기 힘들다.
　갱년기 장애라는 것은 폐경기에 접어드는 과정에서 난소 기능

이 저하되기 시작하여 여성호르몬이 감소함으로써 일어나는 정신적, 신체적 변화를 말한다. 하지만 그 증상은 사람마다 천차만별이라서 은근히 알기 힘들다. 갱년기가 시작되기 쉬운 연령이 40대 중반이라고 하니 딱 내 연령층에 해당되지만 이 연령에도 개인차가 있는 모양이다.

독감이라든지 풍진에 비하면 왠지 애매모호해서 아무래도 찝찝한 인상이 들기 마련이다. 물론 질병이 아니라서 그럴지도 모르지만 말이다.

나는 요새 들어 갱년기에 대해 자주 생각하는데 '혹시 이게 갱년긴가⋯⋯ 드디어 찾아왔나' 싶을 때가 있다. 그건 바로 땀을 흘릴 때다.

밖에서 걷다가 실내로 들어오거나 버스나 전철을 탔을 때 땀이 폭포처럼 쏟아져 나오고는 한다. 다른 사람들이 질색팔색하겠다 싶을 만큼 땀이 나는데, 늘 그렇지만은 않다.

그런데 땀이라는 건 흘리는 게 평범한 일인지 이상한 일인지, 이 또한 알기 어렵지 않나 싶다.

여름철에 푹푹 찌는 듯한 무더위 속을 15분 남짓 걷다가 실내에 들어가면 땀이 줄줄 나는데 이건 어느 누구나 마찬가지일 것이다. 전철에 탔을 때도 땀이 흐르긴 하지만, 쌩쌩한 냉방에 땀은 금방 가시고 서늘한 기운을 느낀다.

얼마 전에도 불볕더위에 친구네 집에 놀러 갔는데, 역에서 15분 걸어 도착한 그 집에 에어컨도 틀어져 있지 않아서 친구가 권한 소파에 앉기가 무섭게 수도꼭지가 활짝 열린 것처럼 땀이 쏟아져 나왔다. 두피, 팔, 목 할 것 없이 온몸에서 말이다. 나 자신도 섬뜩해질 만큼 흐르는 땀에 '이게 갱년긴가?' 싶은 생각이 살짝 들었다. '아니, 단순히 더워선가? 더워서 흘리는 것치고는 땀이 너무 많이 나는 거 아냐? 아니면 너무 더워서 그런가?'

내 건너편에서 기분 좋게 대화를 시작하던 친구는 이야기하던 도중에 내가 땀을 심상치 않게 흘린다는 사실을 알아차리고 자연스레 일어나 에어컨을 켜주었다. 그 자연스러운 모습이 자못 배려해주는 것 같아서 "나 갱년기가 온 건가?" 하고 도저히 물을 수가 없었다.

겨울철에도 땀이 쫙 쏟아져 나올 때가 있다. 아아, 이건 역시 갱년기 증상이겠거니 싶으면서도 잠깐만이라는 생각도 들었다.

사실 나는 옛날부터 땀 문제로 고민이 많았다. 혈압이 낮고 공복 상태가 되면 저혈당 증상이 곧잘 나타났다. 우선 땀이 쏟아지고 힘이 빠진다. 그런 증상으로 그치기도 하지만 심할 때는 눈앞이 깜깜해져서 쓰러지기도 한다. 순간적으로 쓰러졌다가 의식은 몇 초 만에 돌아온다.

10대 때부터 그런 일이 많아서 몇 번이나 병원을 들락거렸다. 철분이 부족하다는 소리를 듣는가 하면, 저혈압이라는 사실을 지적받은 적도 있고, 저혈당 기가 있다는 말을 듣기도 했다. 어쨌거나 체질적인 문제라서 마땅한 치료법이 없었기 때문에 지시받은 사항이라고는 밥을 꼬박꼬박 든든히 챙겨먹고 철분을 섭취할 것, 사탕을 비롯한 단것을 챙겨 다닐 것, 증상이 오겠다 싶으면 누울 만한 장소로 신속히 이동할 것 등이었다. 몇 해 전, 이 증상 때문에 곧잘 쓰러졌던 시기가 있어서 역시 염려되는 마음에 병원을 찾았더니 수치상으로는 아무 문제가 없으니 심료내과(내과와 정신건강의학과를 통합한 개념의 진료과—옮긴이)에 가보는 게 어떠냐는 소견까지 들었다. 스트레스를 많이 받아도 그렇게 되나 보다.

30년 전부터 줄곧 이런 상태였으니 심료내과에 가더라도 무슨 뾰족한 수가 있겠냐는 생각에 그 후에는 어쨌거나 쓰러지지 않도록 주의했다. 땀이 쏟아져 나오고 힘이 빠진다 싶으면 바로 앉는다. 그리고 휴식을 취하고 단것을 먹는다. 그러다 보니 쓰러지는 빈도는 상당히 줄었다.

그러하기에 땀을 흘리는 일에 익숙하다고 할까. 땀을 뻘뻘 흘리기가 무섭게 '갱년기 장애가 왔습니다'라고 단언할 수 없는 면이 있다. 눈앞이 깜깜해지기 직전에 땀투성이가 되는 것과 미지의 갱년기 장애 증상이 구별 가지 않는다.

조금 전에도 텔레비전을 켰더니 마치 나를 기다렸다는 양 갱년기 장애를 대비한 약품 광고가 나오고 있었다. 광고에서 설명하는 갱년기 장애 증상은 발한과 더불어 짜증과 의욕 감퇴였다.

짜증과 의욕 감퇴라……

최근 한동안의 내 모습을 떠올려보았다. 짜증을 내고 무기력해하던 내 모습이 쉽사리 떠올랐다. 하지만 최근에서 나아가 훨씬 예전을 생각해도 역시 짜증과 무기력함을 느꼈던 기억이 있다. 나는 성격이 급해서 카운터에 줄이 있어도 신경질이 나고, 신경질이 난 나머지 물건을 사지 않고 나오기도 하는 데다 청소를 시작하기 전에도 작업에 들어가기 전에도 하기 싫다는 생각만 마냥 할 때가 있다. 필요한 것만 챙겨 넣은 가방이 무거워도 나 자신도 어처구니가 없을 만큼 짜증을 부리기도 하고, 다음 달 마감 스케줄을 가만히 보다가 '다 팽개치고 멀리 떠나버리고 싶다'고 시도 때도 없이 생각하기도 한다.

어쩌면 나는 10대 때부터 갱년기적 체질과 갱년기적 성격을 가지고 있었던 게 아닐까. 무섭게 쏟아지는 땀, 노상 부리는 짜증,

금세 잃는 의욕만 보더라도 말이다.

그렇다면 막상 진짜 갱년기가 찾아왔을 때 잘 아는 증상들인지라 바로 익숙해질 수 있을까. 아니면 이런 생각을 하는 시간들이 그리워질 정도로 말도 못할 만큼 힘겨운 시간을 보내게 될까.

하루하루 그런 생각을 하면서 40대 중반을 보내고 있다.

강하거나
약하거나

감기에 여간해선 걸리지 않는다.

올해 여름에 콧속이 한 번 바짝 마른 느낌이 들어서 '앗, 이 그리운 감각은 감기다!' 싶은 마음에 작업과 어떻게 조율해나갈지를 고민하며 올 테면 오라는 심정으로 기다리고 있었지만 콧속이 하루 정도 건조했을 뿐 열도 나지 않고 나른해지지도 않은 채 그 길로 나았다. 아니, 감기 근처에 가지도 못했으니 나았다는 말도 이상하려나.

감기에 마지막으로 걸렸던 게 언제였는지 생각나지 않는다. 하지만 분명 그 일을 에세이에 썼기 때문에 찾으면 대충 언제쯤인지는 알 수 있다. 감기와 얼마나 인연이 없는지 알고 싶은 마음에 나는 컴퓨터에 저장된 과거 원고를 뒤져봤다.

6년 전이었다.

왜 이때 일을 에세이로 썼냐면 불가사의한 경험을 했기 때문이다. 약국 카운터에 줄을 서 있었을 때의 일이다. 옆 선반에 놓여 있던 감기약에 시선이 자연스레 이끌렸다. 보겠다는 마음도 없었는데 정신을 차려보니 그 패키지를 응시하고서 한 글자 한 글자 곱씹어가며 읽고 있었다. 약국을 나서자마자 그 약에 대해서는 곧바로 잊었지만, 며칠 후 갑자기 감기에 걸리는 바람에 열이 38도나 끓어서 앓아 누웠다. 그러자 그 감기약이 떠오르며 그건 무의식의 예지가 아닐까 하는 생각이 들었다. 누구나 그런 원시적인 예지 능력을 가지고 있지 않을까 싶었던 것이다.

그 감기를 끝으로 감기에 걸린 적이 없다. 나는 이 '감기에 걸리지 않는 것'에 대해 간혹 생각한다. 왜 감기에 걸리지 않을까 하고.

건강한 체질이라고 하면 건강한 체질이라고 할 수 있겠지만, 쭉 이런 상태는 아니었다. 뇌빈혈로 쓰러지기 일쑤였던 시기도 있는가 하면 열이 곧잘 났던 시기도 있다.

노로바이러스뿐만 아니라 로타바이러스에도 감염된 적이 있다. 몸도 가누지 못할 만큼 복통이 심해서 고통스런 나머지 몸부림을 쳤는데, 심한 구역질이 덮쳐오기도 하고 열이 나는데도 몸이 부들부들 떨릴 만큼 오한이 들기도 했다. 택시를 타고 병원에 가서 링거를 맞고 로타바이러스에 감염됐다는 설명을 들었다. 로타바이러스는 노로바이러스와 다르게 주로 영유아나 노인과 같이 면역력이 약한 연령층이 걸리며 중증화된다고 한다. 면역력이 상당히 떨어진 것 같다고 의사가 말했지만 면역력은 수면 부족과 달리 자각할 수 있는 것도 아니다. 입원하겠냐고 의사가 물었지만 지갑만 챙겨 나온 상태라서 거절하고 링거를 맞은 후에 집으로 돌아왔다.

이 일은 언제 적이었는지 재차 신경 쓰였다. 에세이에는 쓰지 않았지만, 이 당시의 일기에는 쓰여 있겠다 싶어서 찾아보니 이건 7년 전이었다. 별안간 흥미진진해져서 이 시기의 일기를 읽어봤다. '아, 열이 심하게 났던 적이 있었지, 있어', '감기에 걸린 적도 있었고 말고', '독감인가 싶었더니 아니었던 적도 있었지, 맞다 맞아.' 그렇게 1년에 두세 번은 앓아 누웠었다.

그러나 9년 이상 거슬러 올라갔더니 열이 났다거나 감기에 걸렸다는 기록도 없을 뿐더러 그런 기억도 없었다.

100퍼센트 선량한 사람이 존재하지 않듯 건강 체질이라고는 하지만 100퍼센트 건강한 사람도 없지 않을까. 어느 시기에 자신이 컨트롤할 수 없을 만큼 면역력이 뚝 떨어지기도 하고 어떤 시기에는 불끈 강해지기도 하는 것이다.

병은 마음에서 비롯된다고 하는데 약할 때와 강할 때라는 것은 마음가짐이나 스트레스와 관련돼 있을까. 뇌빈혈로 곧잘 쓰러졌을 때 스트레스가 원인일 수도 있다는 둥 심료내과에 찾아가보라는 둥 하는 소리를 들었지만, 로타바이러스나 감기에 걸렸을 때는 딱히 스트레스가 많았다거나 심약한 상태였던 기억이 없다.

원래 체질이 허약하고 그 점을 자각하고 있는 사람이나 몸 상태에 민감한 사람은 한약이나 영양제, 운동이나 차, 목욕이나 단식과 같은 다양한 방법으로 자신의 몸을 지키기 마련이다. 감기에 걸릴 수도 있고 걸리지 않을 수도 있다는 식으로 점을 보는 양 운에 맡기지는 않는다.

체질과는 완전 별개로 내가 이토록 감기에 끄떡없는 것은 이동 거리가 짧아서가 아닐까 싶은 생각도 든다.

아침에 일어나면 걸어서 20분 거리에 있는 작업실로 간다. 오후 다섯 시에 작업을 마치고 동네 상점가에서 장을 보고 집으로 돌아온다. 이게 지극히 평범한 하루다. 저녁에 친구나 남편과 한 잔하러 갈 때도 대부분 동네에서 해결한다. 전철로 이동하거나 사람이 모여 있는 장소에 갈 일이 지극히 적다.

내 주변에서 감기에 걸렸다고 자주 하소연하는 사람들을 보면 전철을 갈아타고 회사에 출근하거나 뻔질나게 콘서트나 연극을 보러 가거나 번화가라면 사족을 못 쓴다거나 자녀가 어린이집이나 초등학교에 다니고 있는 경우가 많다. 걸어서 이동할 수 있는 거리밖에 나다니지 않는 나보다 바이러스에 노출될 일이 훨씬 많을 것이다.

곰곰이 돌이켜보니 열이 곧잘 났던 7~8년 전. 30대 후반이었던 나는 먹는 것에 관해 전에 없던 열정을 품고 있었다. 업무 상대나 친구들과 식사 자리가 생겼다 하면 맛집이 집중적으로 모여 있는 도심을 적극 선택했다. 지하철을 갈아타고 아자부라든지 히로오라든지 에비스로 출타하는 일이 조금도 번거롭지 않았다. 확실히 그 무렵의 나는 내 삶에서 제일 과감하게 여기저기를 쏘다녔을지도 모른다.

그 후, 나이를 먹으면서 도심에 나가는 일이 점점 귀찮아지고 눈물 쏙 빠지게 맛있다는 가게에 한 시간을 들여서 나가기보다는 무난하게 맛있는 동네 식당 쪽이 홀가분하다는, 음식에 대한 귀차

니즘이 진행돼서 지금은 술자리나 회식이라고 하면 동네 주변에서 약속을 잡는 일이 많아졌다. 이동 거리 또한 격감해서 지금에 이르렀다.

체질도 면역력도 스트레스도 영양 상태도 관련되어 있다. 하지만 이동 거리라는 것도 바이러스 계통의 질병을 고려할 때 상당히 중요한 요소이지 않을까 싶다. 더 나아가 일본에는 그래서 그렇게 마스크를 하는 사람이 많은가 새삼스럽게 생각하는 바다.

눈에 보이는
나이

나이를 한 살씩 먹다 보면 밤을 새울 수 없게 되거나 느끼한 음
식이 넘어가질 않는 등 여러 변화가 일어나는 법이라지만, 일어나
는 변화 대부분이 눈에 보이지 않는다. 같은 세대인 누군가와 "이
것 좀 봐, 이렇게 된 거 있지" 하고 눈으로 서로 확인시켜주기 힘
들다.

그렇다면 눈에 보이는 노화의 첫걸음이라고 하면 흰머리가 아
닐까 싶다. 기미나 주름살이라든지 나잇살이라든지 여러 가지가
있겠지만 선두 타자는 흰머리라고 생각한다.

10대 무렵, 새치머리 염색이라는 것이 있다는 사실을 알고서 질색을 했다. 엄마를 포함해서 새치머리 염색을 하는 사람은 머리가 어색하게 새까맸고 그 상태가 썩 달갑지 않았다. 그래서 나는 나이를 먹더라도 흰머리를 그대로 둬서 호호백발이 되겠노라고 결심했다.

나도 참 어렸구나 싶다. 흰머리가 나기 시작하자마자 머리카락이 모조리 새하얘질 리도 없는데 말이다. 여기저기 슬쩍슬쩍 나 있어서 언뜻 보기엔 지금까지와 다를 바 없이 검은색이나 갈색 머리지만, 왠지 모르게 피곤해 보이고서야 '아, 흰머리가 늘었구나'라고 알아차리게 된다. 흰머리가 여기저기 나 있으면 어째서인지 피곤하거나 수척해 보인다. 여기도 흰머리가 있고 저기도 흰머리가 있다고 아는 것도 아닌데 왠지 전체적으로 단정치 못한 인상을 준다. 연약하디 연약한 흰머리가 가진 불가사의한 위력이다.

어린 날의 내가 경원하던 새치머리 염색을 하던 여성들은 하나같이 이 '단정치 못한 인상'에서 탈피하고자 새치를 일망타진하기 위해서 염색을 했겠지.

그나저나 이 흰머리에도 개인차가 심하다.

20대 무렵에 급격하게 새치가 늘기 시작해서 30대 중반에 이미 잿빛을 띠는 사람이 있다. 그런데 어째선지 백이면 백 남성이다. 이렇게까지 단번에 새치가 늘면 염색 운운할 상황이 아닌지 대부분의 남성이 그대로 늘게끔 내버려둔다. 머리카락이 전체적으로 잿빛을 띠기 때문에 지저분한 느낌도 들지 않는다.

학창 시절의 친구를 우연히 만났다가 잿빛 머리를 하고 있어서 놀란 적이 몇 번 있다. 그 후로 그들을 보면 새하얘지지는 않고 흰색의 비율이 좀 더 많은 잿빛 머리를 여전히 유지하고 있다.

내가 사랑해 마지않는 《내일의 조》라는 만화의 마지막 장면에서는 시합을 끝낸 조가 코너로 돌아와 입가에 미소를 머금고 있는데, 여기서 조의 모습은 선명한 상처 자국을 제외하고는 트렁크도 머리카락도 새하얗게 그려져 있다. 그리고 이때 "새하얗게 불태웠어…… 모두 다 타버렸어…… 새하얀 재로……"라는 유명한 대사가 등장한다. 어린 시절에 이 만화를 읽은 나는 조가 너무나도 장렬한 인생 경험을 했기 때문에 순식간에 백발이 됐다고, 충격과 함께 이 장면을 이해했다. 그 해석이 타당한지 여하도 조의 생사 여부도 따져보지 않고, 또한 누군가와 그에 대해 이렇다 저렇다 할 이야기도 나누지 않은 채 계속 그렇게 믿어왔다(지금도 마찬가지다). 그래서 갑자기 흰머리가 느는 사람을 보면 '무슨 힘든 일이 있었나(호세와 겨룬 시합처럼)……' 하고 생각하는 버릇이 생겼다.

또래 남자아이들이 20대인데도 머리가 잿빛으로 뒤덮여갈 때도 '이 친구에게 개인적으로 무슨 엄청난 일이 벌어진 게 아닐까 (호세와 겨룬 시합처럼)' 하고 생각해서 그 심각성에 겁을 먹고 묻지도 못했다.

하지만 역시 20대 무렵에 머리숱이 적어지기 시작하다가 대머리가 되는 남자아이들도 많다는 사실을 고려해보면 새치가 잘 나는 체질이었던 게 아닐까 싶다.

여성은 역시 대체로 30대 중반쯤부터 흰머리가 나기 시작한다. 자신의 머리에서 처음으로 흰머리를 발견했을 때는 상당히 충격을 받기 마련이다. 친구들이 "요전번에 나 새치 찾았어", "나는 이미 2년 전부터 나기 시작했네요"라고 이야기를 나누던 모습을 남의 일처럼 지켜봤기 때문에 그만큼 더 충격을 받는 사람이 많지 않을까 싶다.

이 흰머리라는 것은 자꾸자꾸 늘어난다. 한두 가닥쯤 애교스럽게 나는 수준이 아니라, 한곳에 수북하니 모여서 생긴다. 조 정도되는 험난한 인생 경험을 쌓지는 않았지만 역시 무슨 고민거리나 스트레스와 흰머리의 증감에는 관계가 있지 않을까 내 멋대로 생각하고 있다.

그나저나 뽑으면 늘어난다는 말도 있다. 근거가 있는지 없는지, 진실인지 거짓인지도 모르겠지만, 이건 꽤 유명한 이야기라서 나는 처음에 새치를 발견했을 때부터 이제껏 뽑은 적이 없다. 늘어나는 게 무서우니 말이다.

기미나 주름, 지금까지는 생각지도 못한 곳에 붙는 군살은 그건 이미 그럴 나이니 어쩔 수 없다며 대항하기도 귀찮아하면서 이러거니 저러거니 나는 받아들이고 있지만, 흰머리만큼은 무슨 수를 내야 한다고 생각한다. 겉보기에 늙어 보이는 건 사실이니 어쩔 수 없다 쳐도 흰머리가 만들어내는 '단정치 못한 인상'은 나도 역시 피하고 싶다.

그래서 흰머리가 눈에 띄면 미용실에 간다. 간다고 해도 역시 새치머리 염색은 달갑지 않아서 하지 않는다. 흰머리에 색을 입히는 게 아니라 흰머리가 눈에 띄지 않도록 갈색 빛을 띠는 브릿지를 넣는다. 미용사가 낸 제안으로, 머릿결이 그다지 상하지 않는 모양이다.

어린 시절에 마음속으로 그리던 '호호백발'이 되기까지는 기나긴 여정이 남아 있다. 하물며 새하얘지지 않는다 해서 하얗게 염색할 수도 없지 않은가.

중학생일 적에는 머리가 인생에서 중요한 위치를 차지하고 있어서 앞머리를 너무 많이 자르면 하늘이 무너지는 것 같았고, 몸을 심하게 뒤척이며 잤던 날 아침에는 학교에도 가기 싫었다. 지금 생각해보면 고작 머리 때문에 왜 그렇게 천당과 지옥을 오갔나 싶다. 하지만 그렇게까지 중요하지 않더라도 흰머리를 포함한 머리 문제는 지금도 여전히 존재하고 있다.

　젊은 시절에 시원스레 머리를 **빡빡** 밀었던 남자 친구들이 가끔은 부러워진다.

본가에서 가져온 도스토옙스키의 문고본을 새삼스레 펼쳐 보
다 그 깨알 같은 글자와 **빽빽**한 느낌에 깜짝 놀랐다. 그리고 이런
책을 물고 늘어지다시피 읽었던 예전의 나에게 다시 한 번 놀랐
다. 아아, 나도 정말 젊긴 젊었었구나.

10여 년 전의 문고본은 하나같이 글자가 깨알 같고 **빽빽**했다.
그게 보통이었다. 하지만 지금처럼 글자도 간격도 커진 책에 익숙
해진 데다 나이까지 먹자 독서에도 나이가 관계 있다는 것을 뼈저
리게 알게 되었다.

도스토옙스키라든지 톨스토이 같은 작가가 쓴 그런 두툼한 작품을 깨알만 한 글자로 읽는 데다 탐욕스레 짧은 시간에 완독하는 것은 젊을 때나 가능한 독서다. 어른이 돼서 다시 읽어보면 이런 작품을 고등학생이 이해할 리가 없지 않을까 싶지만 이해력으로 작품을 읽었던 게 아니라 체력으로 읽었던 것 같다.

《죄와 벌》을 몇 해 전에 다시 읽었을 때 내용은 전혀 기억나지 않았다. 다만, 음울하고 짓누르는 듯한 하늘과 얼얼할 만치 차가운 분위기만큼은 기억하던 그대로였다.

운동 능력과 마찬가지로 10대 중반부터 20대 중반 무렵까지가 분명 독서 체력의 정점이라고 생각한다. 물론, 다들 매한가지라는 소리는 아니다. 이 또한 운동과 같아서 어릴 적에 얼마나 그 힘을 발달시켜왔느냐에 달려 있을 테다. 어릴 적에 독서 능력을 기른 사람은 이해력이나 공감력, 교양을 쌓기 위해서 읽었던 게 아니라 남아도는 독서 체력을 소비하기 위해 쉴 새 없이 읽어대는 것이다. 그래서 책의 내용이나 그 안에 담긴 한 문장도 기억 못할 때가 있다. 읽어도 읽지 않는 거나 다름없지 않은가 하고 말 그대로 중노동식으로 책을 읽어온 나는 생각했다. 체력은 소비되었건만, 책의 내용은 제 것으로 만들지 못한 것이다. 제 것이 된 것은 습관적으로 하는 '독서'라는 행위뿐이었다.

반대로 생각하면 독서 체력을 어릴 적에 전혀 사용하지 않은 사람은 그 체력이 떨어지는 30~40대가 되어서 '이제 책 좀 읽어 볼까' 싶은 마음에 책을 펼쳐 들어도 여간 관심이 가는 책이 아닌 한 읽기 버겁지 않을까. 독서보다 해야 할 일이 훨씬 늘었을 테니 말이다. 그것은 서른셋까지 운동과 담을 쌓고 살았던 내가 갑자기 운동을 시작해도 실력이 놀랍게 늘지 않는 것과 마찬가지다. 운동을 오래해온 사람이 가지고 있는 '감'이 전혀 없기 때문이다.

음식 취향도 크게 달라지지 않은 데다 체력이 떨어지는 것도 딱히 느끼지 못했던 내가 40대가 되고서 다른 무엇보다 실감하는 것은 독서 체력이 저하되었다는 사실이다. 습관이 뿌리를 내리고 있으니 읽긴 읽는다. 어디서든 읽는다. 욕조 안에서도 전철 안에서도 혼자 식사를 하는 중에도 때와 장소를 가리지 않고 읽는다.

하지만 더디다. 엄청나게 더뎌졌다. '와아, 재밌어 보이네. 어쩜 이런 책이 다 있지?' 싶어도 읽는 게 더디다. 그 더딘 속도에 여전히 익숙해지지 않았다. 평소라면 벌써 읽고 남았을 텐데, 어째서 여태껏 절반도 다 못 읽은 거지 하고 이상하게 생각하다가도 짚이는 구석이 있다. 내가 나이를 먹어서 그렇구나 하고.

자리 잡은 곳곳에서 책을 동시다발적으로 읽기 때문에 미처 다

읽지 못한 책이 집에도 작업실에도 굴러다닌다. 그 모습을 볼 때마다 서글프고 답답한 마음이 든다. 할 수 있던 일을 할 수 없게 됐다는, 나이 듦의 부정적인 측면을 직시한 것 같은 심정이다. 습관이 없었다면 그 서글프고 답답한 마음에 독서를 때려치웠을지도 모른다.

나는 운동 신경이 뛰어난 사람이 어느 순간 체력적으로 덜컥 뒤처지게 되는 때와 분명 비슷한 느낌을 맛보고 있는 게 아닐까 싶다.

나 스스로도 조금 의외였지만 무엇보다 제일 읽기가 힘들어진 게 만화였다.

만화는 읽기가 무척 수월하다고 생각했었다. 글자만 실린 책은 안 읽어도 만화라면 읽는 젊은 친구들도 많다. 그래서 글자가 빼곡하게 채워진 책은 읽기 번거롭더라도 그림이 있으면 수월하게 읽을 수 있다고 굳게 믿고 있었다.

하지만 그렇지 않았다. 그림과 글자를 같이 보는 게 벅찬 느낌이 들었다. 이렇게 될 줄은 꿈에도 몰랐다.

작업 시간을 정하지 않고 쉬고 싶을 때 쉬고 일하고 싶을 때 일하던 20대 적에, 내일부터 비가 계속 내린다는 일기예보를 들으면 가슴이 설렜다. 그러고는 비가 오기 전에 만화책을 잔뜩 쟁여

놓고 비가 오는 동안 내내 만화를 읽었다. 더할 나위 없는 행복이었다. 30권, 40권이나 이어지는 장편 만화를 20대 중반까지만 해도 헌책방을 돌아다니며 모으다가 서점의 신간 선반에 꽂힌 작품을 열 권 단위로 양손에 들고 카운터까지 가져가게 됐을 때는 '어른이 다 됐다'고 뼈저리게 실감했다.

만화를 읽는 게 힘들어졌다는 사실을 감쪽같이 잊고 예전 같은 마음으로 잔뜩 구입했다가 손도 대지 못한 채 산더미처럼 쌓여가는 책이 많아졌다. 이 또한 난감한 만큼 서글프다.

실제로 만화를 읽는 데는 체력과 능력이 필요하다고 어느 만화 편집자가 말한 적이 있다. 그 사람도 어느 순간 그 체력이 뚝 떨어져서 만화를 읽는 데 시간이 몹시 걸리게 되었다고 하는데, 일 때문에 필요하니 계속 단련해서 간신히 유지하고 있다고 한다. 글자와 그림을 한꺼번에 뇌에서 처리하는 것은 글자만 읽는 것과는 다른 힘이 필요한가 보다. 만화라면 두 팔 벌려 환영하는 아이들이 많은 것도 왠지 납득이 간다.

그러고 보니 나는 어릴 적에 만화를 읽지 않았다. 읽기 시작한 것은 열여덟부터였다. 그렇구나, 어린 시절에 만화 체력을 길러두지 않아서 기초 체력도 습관도 나이가 들면서 무너져 내리는구나. 나도 더 이상 만화 체력이 줄지 않도록 단련해야 할 듯하다.

젊은 날의 내가 지금의 나를 보고 놀랄 일이 많을 테지만 '만화 체력을 단련해야 한다'는 과제를 제시하는 자신을 보면 얼마나 놀랄까 싶다. 심지어 실망할지도 모르겠다.

급한 성격과 집중력

　매년 첫날, 1년간의 포부를 정해 잊지 않도록 기록해두고 있다. 그렇게 해서 알게 된 사실은 포부는 언젠가 현실이 되(는 일이 많)지만, 그해에는 실현되지 않는다는 사실이다. 20년 이상 포부를 계속 써온 결과 알게 된 사실이므로 그 근거도 있지만 예전에 어딘가의 에세이에 썼으니 여기서는 생략할까 한다. 하지만 사실이다.

　최근 10여 년간 내 포부는 '작업 페이스'와 관련된 게 많았다.

자신의 페이스를 만든다.

마감을 줄인다.

작업을 줄인다.

거절하는 법을 익힌다.

생활에 여유를 가진다.

계속 그래 왔다. 2003~2004년 무렵부터 일이 자꾸 늘어서 페이스는 무너지고 또 무너졌고, 눈코 뜰 새 없는 나날을 보내고 있었다. 10년 전부터 그렇게 기록하면서 올해 안에는 무리겠지 내년에도 무리겠지, 하나 지금 이렇게 써두면 5년 후에는, 아니 7년 후에는 분명 현실이 되겠지 하고 계속 생각해왔다.

요즘 들어서 마침내 일정 시기보다 마감할 일도 줄고 아홉 시부터 다섯 시까지라는 작업 시간을 열 시부터 다섯 시로 변경할지 고려할 여유도 생겼다. 방심했다가는 바로 여유가 없어질 만큼 정신없이 바빠지지만, 10년 전에 비하면 단연코 홀가분해졌다.

10년 전부터 여러 해 동안 한 달에 30매에서 50매쯤 되는 단편소설 일곱 편을 동시에 썼다. 그 외에도 에세이 마감이 스무 개 정도가 기다렸다. 당연히 일반적인 근로 시간에는 맞출 수 없었지만, 휴일에는 손도 까딱하기 싫은 데다 잔업도 절대 사양이었던지라 부득이하게 아침을 서둘렀다. 제일 바쁠 때는 오전 다섯 시부터 오후 다섯 시까지 작업실에 틀어박혀 글을 썼다.

그때는 죽자 사자 열심히 하겠다는 마음보다 '어쩔 수 없다'는 심정으로 새벽 네 시쯤에 일어났지만, 지금 새삼스레 돌이켜보면 그게 어째 가능했을까 싶다. 그렇게도 잘도 살아왔구나 하고 내 일이지만 놀라움을 금치 못한다. 그때의 생활을 돌이켜보면 젊긴 젊었구나 하는 생각이 사무치게 든다. 그런 생활은 40대 중반인 나는 더 이상 불가능하다. 일찍 일어나기도 벅차거니와 일곱 편이나 되는 소설을 동시에 쓸 만한 집중력도 없다.

집중력. 이 또한 어지간해서는 나이를 실감하기 힘든 부분이라지만, 그 시절을 생각해보면 확실히 떨어지긴 했다. 오전 다섯 시부터 오후 다섯 시까지 작업실에 틀어박혀 있었다니. 더구나 일만 죽어라 했다니. 지금의 나로서는 불가능하다. 아홉 시에서 다섯 시까지 작업을 하는 지금도 집중력이 10분 만에 흐트러져서 인터넷으로 레시피를 검색하다가 '이러면 안 되지, 이러면 안 돼' 하고 작업으로 다시 돌아갔다가 또 집중력이 흐트러져서 이번에는 메일을 체크하는 판이다. 10년 전에도 그런 행동을 하긴 했지만 빈도가 조금은 더 적었던 것 같다.

아주 드물게 문득 정신을 차리고 보니 '아, 지금은 인터넷 검색도 아예 안 한 데다 메일 체크도 안 했네!'라고 생각할 만큼 집중할 때도 있다. 그럴 때면 나에게 감동할 만큼 기쁘지만 얼마 전까지만 해도 그런 일이라면 흔하디흔했다.

작업 중에는 음악을 일절 틀지 않는데, 첫 번째 곡 중간부터는 안 들리기 때문이다. 20대 무렵에는 음악을 틀었지만 첫 번째 곡 초반만 신나게 듣다가 문득 정신을 차리고 나면 CD가 끝나서 주변이 싸했다. 그러다 보니 귀에 안 들어오면 소용없지 않은가 해서 음악은 그만 틀기로 했다. 지금도 그 습관 때문에 음악을 틀진 않지만 어쩌면 지금은 전곡이 빠짐없이 귀에 쏙쏙 들어올지도 모른다.

집중력도 떨어지는구나. 10년 전부터 '작업 줄이기'를 목표로 삼아 와서 다행이라고 생각하다가 문득 떠오르는 바가 있었다.

나는 젊을때부터 성격이 급했는데, 요즘 들어 그 성격에 박차가 가해진 느낌이 든다. 원래부터 질색하던 줄서기를 더더욱 하기 힘들어진 데다 엘리베이터를 기다리는 시간에도 조바심이 나고, 점심때 주문한 음식이 어지간히 나오지 않으면 그 가게를 선택했다는 사실을 땅을 치고 후회한다. 사람은 나이가 들면 장점보다 단점이 더욱 부각된다는 게 내 개인적인 생각인데, 나 같은 경우에는 급한 성격이 더 급해지는가 싶은 생각이 왠지 모르게 든다.

이건 어쩌면 집중력과 관련되어 있지 않을까. 무언가를 '기다리는 일'에는 집중력이 필요한데 그 집중력이 점점 떨어져서 조바심을 내는 게 아닐까.

아주 오래 전에 기다리는 시간이라면 질색하던 나는 그사이에 책을 읽으면 고통이 누그러든다는 사실을 깨달은 적이 있다. 그래서 ATM기에서 내 순서를 기다릴 때도 엘리베이터를 기다리는 짧은 시간에도 나는 책을 펼쳐 들었다. 하지만 그 잠깐 동안 책을 읽는 데도 집중하지 못하게 되자 그 사실에 조바심이 나는 게 아닐까 생각한다. 그렇다면 앞으로 나는 더더욱 집중력을 잃게 될 테니 성격이 더더욱 급해지는 걸까. 아니, 집중력이 떨어진 상태에 익숙해지면 의외로 이런들 어떻고 저런들 어떠냐며 조급해하는 마음도 사라질지도 모르지만 말이다.

집중력이 부족한 나를 받아들이자. 내년 포부로 기록해둘까 보다. 그럼 5년 후에는 실현되어 있지 않을까.

얇은 옷이라면
몸서리치는 나이

옷에 관해서라면 나는 내가 선호하는 것을 구입해서 입는다. 좋아한다는 것은 브랜드나 디자이너를 말하는 게 아니라, 단순히 모양새를 말하는 것이다. 타인의 시선을 개의치도 않는다. 여름에는 민소매 티를 즐겨 입는데, 어느 날 지인에게 용감하다는 말을 듣고서 웬 뚱딴지같은 소린가 했다. 그 뜻을 물어보니 튼실한 팔뚝을 가리지 않는 점이 용감하다는 것이었다. 나는 이때 비로소 군살이 붙은 팔뚝을 소매로 가리는 방법이 있구나 싶었다. 하지만 살이 붙은 나의 팔뚝은 나에게는 보이지 않으니 아무럼 어떠냐고 생각하고 넘겼다.

　옷이란 세상의 수많은 사람들이 자신이 좋아하는 것을 사서 원하는 대로 입는 것이라고 줄곧 생각했다. 그래서 그렇지 않다는 사실을 깨달았을 땐 충격을 받았다. 호불호가 아니라, 착용감을 우선시하는 사람이 있는가 하면 방한과 방서를 우선시하는 사람도 있었다. 그 사람들은 이 디자인이 좋다거나 이 색상이 엄청 마음에 들어서 사야겠다고 생각하기에 앞서, '재질이 뻣뻣해서 활동하기 불편하겠다'든지 '이 옷이라면 추위를 확실히 막을 수 있겠다'는 이유로 예쁘거나 멋있다는 생각과 무관한 옷을 사는 모양이었다.

　그러한 사람들의 입장에서 보면 겨울철에 레이온 소재의 팔랑팔랑한 스커트를 입고 다니는 나라는 인간은 이상해 보이는 모양이다. 반바지를 입고 다니는 모습도 제정신으로는 보이지 않나 보다.

　겨울철에 "그렇게 입고 안 추워?"라고 질문을 받을 때가 상당히 많았다. 그리고 이런 질문을 받을 때면 난감했다. 나는 원래 더위를 많이 타는 데다 옷을 추위나 더위를 막기 위한 방편으로 생각하지 않기 때문에 '이 옷을 입어서 춥다'고 생각한 적이 딱히 없다. 물론, 따뜻하겠다고 생각해서 방문한 외국에서 겪은 영하의

추위에 내가 챙겨온 옷으로는 얼어 죽을 것 같았던 적은 있다. 그렇지 않고서는 그저 추운 건 겨울이기 때문이고 더운 건 여름이기 때문이라고 결론을 내린다. 그래서 내가 좋아서 입고 있던 옷을 지적하면서 안 춥냐고 물으면 추운 건 겨울이라서 그럴 거라고 생각할 뿐이었다. "그렇게 입으면 안 더워?"라는 질문을 받는 일이 별로 없는 건 여름철에 나는 원래부터 옷을 얇게 입기 때문일 테다. 튼실한 팔뚝을 태연하게 드러내놓고 말이다.

옷을 얄팍하게 입는 것을 용납하지 못하는 사람들이 있다. 예순이 지난 여성들이다. 우선 우리 엄마가 그렇다. 내가 다 커서 혼자 살기 시작하면서부터 좋아하는 옷을 직접 사 입게 됐을 무렵, 엄마가 한 단골 잔소리는 '꼴사납다'였다. 엄마는 구제옷이라든지 살짝 헐렁한 옷을 용납하지 못해 "이상하다", "못 봐주겠다", "칠칠치 못해 보인다"고 귀가 따갑게 이야기했다. 하지만 예순을 넘으니 "옷을 왜 이렇게 얇게 입고 다니는 거니!" 하는 식으로 호들갑을 떨게 되었다.

엄마뿐만이 아니다. 업무 관계로 만나는 나이가 지긋한 친구나 지인들이 하나같이 "그렇게 입다간 얼어 죽는다!" 하고 타박하듯 말한다. 이 사람들은 여름에도 춥다며 무턱대고 주의를 주기도 한다. 건물 안이나 대중교통 안이 서늘하기 때문이다. 여름철에 "그렇게 입으면 홀딱 벗고 다니는 거나 마찬가지야!"라는 소리를 들은 적이 있다. 그건 너무 극단적이다. 수영복을 입고 다니는 것도 아니고, 하늘하늘한 원피스를 입고 있었으니 말이다.

여럿이 온천에 갔다가 탈의실에서 옷을 갈아입는데 "그 속옷은 뭐야? 하고 나이가 좀 있는 지인이 예리하게 지적했다. "입었는지 안 입었는지도 모를 속옷을 잘도 입고 다니네. 그런 걸 입고 다니면 배가 시리잖아!" 하고 또다시 극단적인 이론을 펼치며 한 소리 해댔다. 겨울철에 내복을 안 챙겨 입었을 때는 두어 소리 더 듣기도 했다.

어쨌거나 중년 여성들은 겨울이든 여름이든 조금이라도 추운 게 싫은가 보다고 받아들였는데, 40대 중반인 지금이 되고서 그 심정을 처음으로 이해했다.

겨울이 너무 매섭게 느껴졌다. 이건 내가 나이를 먹어서 체감상 다르게 느끼는 게 아니라, 실제로 작년과 올해 겨울은 예년보다 추웠다고 생각한다(그리 생각하고 싶다).

너무 추워서 스커트를 입을 때 팬티스타킹을 챙겨 신었다. 신고서 깜짝 놀랐다. 너무 따뜻하지 않은가! 아니, 그건 알고 있었다. 팬티스타킹을 신으면 신지 않은 상태보다 따뜻하다는 건 알고 있었다. 하지만 이렇게 감각으로 확실히 인식한 적은 없었다. 팬티스타킹이 얼마나 따듯한지를 말이다.

더위를 많이 타는 나는 팬티스타킹을 오랫동안 신지 않았다. 신은 적은 있지만 양다리를 연결하는 부분이 흘러내려올 때가 있어서 그 불쾌함에 견딜 수 없었다. 추운 게 차라리 낫다 싶었다. 그래서 이제껏 반스타킹을 신었다. 하지만 올해 들어 팬티스타킹이 주는 따스함을 몸소 실감하고서는 팬티스타킹을 무슨 일이 있어도 챙겨 신게 되었다. 흘러내리는 감각 따윈 아무렇지도 않다. 그리고 팬티스타킹으로 인해 깨달았다. 옷으로 방한이 가능하다는 사실을.

지금까지는 거의 가지고 있지 않던 내복 종류를 장만했다. 그러면서 춥지도 않냐고 나무라다시피 나에게 잔소리를 했던 여러 여성들을 떠올렸다. 아아, 나도 드디어 그녀들과 가까워지고 있구나. 앞으로 젊은 친구들과 밖에서 다닐 때면 "그렇게 입다간 얼어 죽어!"라고 주의를 주고 온천에 가서도 "그런 팬티는 안 입은 거나 마찬가지잖아!"라고 극단적인 이론을 펼쳐대겠지. 그리고 팬티스타킹을 신으면 뭔가 꿈틀대는 느낌이 든다는 의견에 "겉만 신경 쓰면 뭐해!" 하고 뭔가 핀트가 어긋난 주의를 강요하다시피 주지 않을까 싶다.

하지만 팬티스타킹을 신게 돼서 우선은 어쨌거나 다행이라고, 올해 겨울은 사무치게 생각한다.

나와 함께 나이를 먹어온 전우여!

최근에 구매한
발 올려놓는 의자. ♧♧

이따 씻고 닦을 수건.

팔걸이쿠션 추가

등이 아파 산은 쿠션.

내옹이 간식통.
(사실 내 간식을 더 많이 놓음)

다
나이 탓이라고?

평일 오전 아홉 시부터 오후 다섯 시까지라는 시간대에 작업을
하기 시작한 지 벌써 17년째에 접어들었다.

철두철미하게 지켜오지는 않았다. 눈코 뜰 새 없이 바쁠 때는
새벽 다섯 시부터 작업실에 가 있기도 했고, 바깥 업무를 봐야 할
때는 오후에 온종일 나가 있기도 했다. 하지만 기본적으로는 그
시간대에 작업을 하는 데다 잔업은 일절 사양하고 주말에는 휴식
을 취하고 있다.

작업 시간을 그렇게 설정한 것은 서른 즈음으로, 당시 가까웠

던 사람이 회사원이었기 때문에 그렇게 맞췄다. 회사원과 식사를 하거나 놀러 다니려면 회사원의 시간에 맞춰서 움직여야 하니 말이다. 그 후 얼마 지나지 않아 그 사람과는 관계가 소원해졌지만 작업 시간대만큼은 남았다. 의외로 나한테 잘 맞았던 것 같다.

일반적인 회사원들의 생활 패턴이라고는 하나 당시에는 아직 집에서 일하고 있었다. 아침에 일어나서 밥을 먹고 뒷정리를 한 다음, 아홉 시가 되면 작업 공간에 틀어박혀 글을 썼다. 점심을 먹고 오후부터 다시 일했고 다섯 시가 되면 마무리했다.

이 생활은 의외로 편했다. 그때까지는 기분이 내킬 때 글을 쓰고 내키지 않을 때는 쓰지 않은 데다 반드시 써야 하는 상황일 때는 온종일 글을 썼다. 결과적으로 언제 어느 때든 일의 그림자에 가슴을 졸여야 했다. 마음이 내키지 않을 때면 죄책감을 느꼈고, 글을 반드시 써야 하는 상황이라는 것은 즉 마감 전을 뜻하는데, 그럴 때 죽어라 글을 쓰는 것은 '시켜서 마지못해 쓴다'는 느낌이 들었다. 그리고 휴일이 없었다. 글을 쓰든 안 쓰든 온종일 쓰는 것만 생각했다. 쓰던 소설에 관해서 그 전개가 부자연스럽지는 않은지, 그 표현이 틀리지 않았는지, 화장실에서도 욕실에서도 생각했고 점심을 먹으면서도 저녁 식사를 준비하면서도 소설에 대한 내 태도가 잘못되지 않았나를 생각했다.

월요일부터 금요일, 오전 아홉 시부터 오후 다섯 시까지. 그 시간 외에는 일하지 않는다. 이렇게 정해놓으면 그 외의 시간대에는 일을 차단할 수 있다. 점심식사를 할 때는 점심만 생각하면 되고, 욕조에 들어가서는 좋아하는 책을 읽을 수 있다. 그리고 요일과 시간을 구분 지어서 일하는 편이 놀랄 만큼 효율적이다. 이렇게 하기 전보다 열 배, 많을 때는 스무 배 정도의 작업량을 소화해낼 수 있게 되었다.

오전 아홉 시부터 오후 다섯 시까지의 작업 시간에 대해서 말하면 많은 사람들이 대단하다고 한다. 인사치레로 말해주는 경우도 있을 테지만 "프리랜서인데 착실하게 일을 하는 게 대단하다"고 진심으로 말하는 사람도 있다. 그런 말을 들을 때마다 이렇게 간단한 일인데 하는 생각이 든다.

우리는 초중고등학교를 다니는 동안에 쭉 그런 사이클로 생활해왔다. 그렇게 어릴 적에, 게다가 몇 년씩이나 걸쳐서 해온 일이 불가능할 리가 없지 않은가.

학교에서처럼 시간을 정해서 작업하는 편이 실은 훨씬 수월하고, 일하고 싶을 때 일하는 편이 훨씬 어렵다는 사실을 나는 실감했다. 수업 시간이 정확하게 정해져 있는 것은 그렇게 해야 아이들이 어떻게든 공부를 하기 때문이다. 언제든지 오고 싶을 때 와서 하고 싶은 공부만 해도 된다면 많은 아이들이 힘들어하지 않을까.

그러다가 문득 정신을 차려보니 학교생활보다도 오랫동안, 17년씩이나 학교에 다니는 양 작업을 해왔지만 올해 들어서 불현듯 이런 생활을 이만 청산할까 싶은 생각이 들었다. 평일 오전 아홉 시부터 오후 다섯 라는 업무 체계를 해제하고 하고 싶을 때 하고 싶은 대로 작업을 하는, 다른 무엇보다 어려운 방법으로 바꿔볼까.

지금까지 고수해온 작업 시간대를 바꿔볼까 싶다고 다른 사람에게 말하자, 우선 왜냐는 질문을 받았다. 나도 이유를 생각해봤다. 나이 탓이라는 게 가장 큰 이유인 것 같다. 집중력이 떨어져서 그 시간대에만 작업을 해서는 마감을 맞출 수 없어 주말에도 일을 하게 됐다. 그리고 예전처럼 아침 여섯 시나 일곱 시에 벌떡 일어나려 해도 몸이 천근만근이고 말이다.

그런 이유를 요모조모 따져보다가 아니라는 사실을 깨달았다. 업무 체계를 바꾸려는 진짜 이유, 그건 내면에서 우러나오는 감 때문이었다.

서른에 작업 시간을 구분 지었을 때 친한 사람의 생활 패턴에 맞추고자 그랬다고 여겼지만, 곰곰이 생각해보니 그게 아니라 작업 방식을 바꿔야 한다는 사실을 나 자신이 예감하고 있었던 것 같다. 그래서 그 친한 사람과 연락이 뜸해졌더라도 그 업무 체계

만큼은 남을 수 있었다. 업무 체계를 바꾸고 4년 후, 서른넷에 눈코 뜰 새 없이 바빠서 이른바 업무 시간을 구분 짓지 않았더라면 그렇게 효율적으로 업무량을 착착 소화해낼 수 없었고, 휴일도 작업에 소비했더라면 몸과 마음이 더불어 지쳤을 터였다. 앞에 언급했던 오전 다섯 시에서 오후 다섯 시까지 꼬박 일에 몰두하는, 참혹한 작업 시간의 경우에도 오후 다섯 시에는 일이 끝나고, 주말에는 일에서 해방될 수 있었기 때문에 극복해낼 수 있었던 것 같다.

그렇다면 분명 지금 또한 나의 내면에 업무 방식을 바꾸고 싶다는 마음이 자리하고 있거나 바꿔야 한다는 확신이 있는 게 아닐까.

그리하여 나는 반성했다. 무심결에 뭐든 나이 탓으로 돌리고 있었다. 무언가가 불가능해질 때면 특히 그랬다. 실제로 그런 경우가 많긴 하지만 아닐 때도 있다. 서른에는 무의식적으로 그렇게 했지만, 나이가 들고서 비로소 나는 그 행동의 원인이 '내면에서 우러나는 감'이라는 사실을 깨달았다. 따라서 지금부터 내 작업 방식이 여러 의미로 달라질 것이라는 사실을 내가 미리 알았다고 생각해야 하지 않을까 싶다.

사람의 손이
가진 힘

2년 전에 처음으로 접골원에 갔다.

앞에서도 썼지만 허리를 삐끗하는 바람에 처음으로 방문했다. 신체 관리법에는 정체 마사지, 침과 뜸, 척추 교정, 태국 마사지를 비롯한 여러 가지가 있다. 내 주변의 친구들과 지인들은 누구랄 것도 없이 모두가 어딘가에 정기적으로 다니고 있다. 같은 곳에 계속 다니는 사람이 있는가 하면, 유목민처럼 여기저기를 계속 떠돌아다니는 사람도 있다. 나는 그들이 어딘지 모르게 어른스러워 보였다. 나도 이미 나이로는 충분히 어른이지만, 자신의 몸을 관리하는 사람은 좀 더 어른스럽게 느껴졌다.

마흔을 넘기 전까지 접골원이나 한의원과 연이 없었던 것은 특별히 불편한 곳이 없었다는 이유가 가장 컸다. 내 어깨에 손을 대는 사람들은 하나같이 "어깨, 안 뻐근해?"라고 묻는데, "뻐근한 느낌을 받은 적이 없어서 뻐근한 상태가 뭔지 모르겠어"라고 답하면 역시 다들 입을 모아 행복한 줄 알라고 말한다. "어깨가 이렇게 단단히 뭉쳤는데도 안 뻐근하다니 행복한 게 아니고 뭐겠어"라며 말이다.

어깨가 뭉쳐 있을지도, 어딘가 뒤틀려 있을지도 모른다. 하지만 자각이 없다. 그것이 즉, 내가 말하는 '불편한 곳이 없다'는 상태다.

그리고 많은 사람들이 말하는 시술사와의 궁합이라는 게 무섭다는 이유도 있다. 물론 인간성 간의 궁합이 아니다. 시술과의 궁합이다. 시술을 받은 다음에야 궁합의 좋고 나쁨을 알 수 있다는 건 너무 오싹하지 않은가.

게다가 뭐가 뭔지 모르겠다는 이유도 있다. 정체원, 접골원, 치료원, 침구원, 침구접골원, 침구지압실, 그와 더불어 몸 뭐시기라든지 손 뭐시기라는 조금 귀여운 명칭의 가게가 너무 많은지라 뭐가 뭔지 정신이 하나도 없다. 그리고 딱히 불편한 곳이 없으니 알고자 하는 마음도 없다.

허리를 삐긋하는 불편한 상황을 실제로 겪기 전까지만 해도 내 세계에 정체 마사지와 침구 계열은 존재하지 않는 거나 마찬가지였다.

허리를 삐긋한 후, 접골원에 지속적으로 다니게 됐냐고 묻는다면 답은 '아니다'이다. 허리가 낫고 나서는 발길을 다시 뚝 끊었다. 접골원에 가서 마사지나 지압을 받는다는 선택지가 내 안에는 없었다.

하지만 동경하는 마음은 있었다. 정기적으로 그런 곳에 다니는 친구들처럼 어른스러워지고 싶다는 동경. 접골원에 여러 번 드나들다 보니 그렇게 무섭지 않기도 해서 다시 다녀볼까 싶은 마음에 동네 근처를 돌아보다 접골원 계열의 치료원이 너무 많아서 기겁했다. 우리 집 반경 1킬로미터 정도 되는 범위에 스무 곳 이상이나 있었던 것 같다. 아니, 더 있었을지도 모른다. 미용실도 많지만 접골원 계열의 치료원 숫자는 더더욱 많았다. 어째서인지 이유는 전혀 알 수 없었다.

그렇게 허다하다는 사실을 알고 나니 한 군데 한 군데 어떻게 다른지 알고 싶어졌다. 하지만 허리는 이제 멀쩡했고 특별히 몸이 불편한 곳도 없었다. 어떻게 설명하고 뭘 부탁해야 한담……

그래, 발 지압이 있다는 사실이 떠올랐다. 정체 마사지 부류와
는 남처럼 살아왔지만 대만에서 마사지를 받은 이후로 발 지압 마
사지는 좋아한다. 그래그래, 한 군데씩 발 지압을 받다 보면 수많
은 시설이 어떻게 다른지 알 수 있을 테고, 어째서 이렇게 많은지
도 알 수 있을지 모른다.

왠지 묘한 호기심과 향상심이라고 할 수 있지만 시간이 날 때
면 나는 발 지압 마사지를 하는 접골원이나 치료원에 다니게 되
었다.

다녀보니 확실히 다들 달랐다. 발 지압에는 아픈 중국식과 아
프지 않은 영국식이 있고 양쪽 다 받을 수 있는 곳과 그 두 가지도
아닌 독자적인 마사지를 받을 수 있는 곳 등 다양했다. 또한 시술
전에 양발을 따뜻하게 덥혀주는 곳도, 오일을 사용하는 곳도, 아
무것도 하지 않는 곳 등 실로 여러 가지가 존재했다.

발 지압 마사지를 받으면서 정체 시술법을 보고 있자니 이 또
한 다양했다. 의료에 가까운 시술이 있는가 하면 힐링에 가까운
시술도 있는 모양이었다. 열 개 정도 나란히 놓여 있는 침대에 모
두 다 커튼으로 칸막이가 쳐져 있는 곳이 있는가 하면, 침대 하나
에 시술사가 한 사람 있는 곳이 있었다.

내가 가장 놀란 것은 어디든 사람이 바글바글했다는 점이다. 가벼운 마음으로 훌쩍 들렀다가 한 시간 후에 와달라거나 몇 시부터 가능하다는 말을 듣기도 했다. 하지만 우연히 비어 있어서 마사지를 바로 받았던 적도 있다. 여긴 파리만 날리네, 꽝인가 생각하며 시술을 받다 보면 반드시 다른 고객 몇 사람이 들어왔다.

이렇게 수많은 접골원과 치료원이 있고 침대 수만 해도 수백 개나 되는데, 그 침대에서는 항상 누군가가 시술을 받고 있었다.

이 동네에 있는 그 많은 미용실조차 파리만 날리는 가게가 있다. 그리고 쌔고 쌘 술집도 역시 썰렁하기 그지없는 곳도 있다. 그게 보통이라고 생각한다. 그런데 몸과 관련된 시술실은 어디랄 것도 없이 손님이 버젓하게 있었다. 대부분의 시술실에는 사전에 예약을 해야 한다는 것도 배웠다.

즉, 그만큼 몸 여기저기에 불편함을 느끼는 사람이 많다는 뜻이다. 병원에 다닐 정도는 아니지만 어깨가 결린다든지 머리가 지끈거린다든지 다리가 퉁퉁 붓는다든지 온몸이 나른하다든지 하는 이유로 말이다. 그래서 나는 생각했다. 사람의 손으로만 치유할 수 있는 게 있지 않을까. 찜질용 파스보다 주사보다 기구보다 사람의 손으로 어루만지는 편이 효과적인 통증이나 피로라는 것이 말이다. 10여 년 전보다 요즘 사람들이 그러한 것에 훨씬 민감해진 것 같다. 그래서 이렇게 시설도 늘어난 게 아닐까.

그러고 보니 여러 접골원에서 남자 고등학생의 모습도 자주 목격하고는 놀랐다. 동아리 활동을 마치고 하교하는 길에 들른 모양이었다. 동아리 유니폼이나 학교 체육복을 입은 그들은 녹초가 됐는지 시술을 받는 중에 코를 드르렁드르렁 골아대며 숙면을 취할 때가 많았다.

신체적으로 불편함을 느끼는 사람이 늘었다기보다도 몸 관리 그 자체가 우리 생활에 가까워졌구나 하고 동아리 활동을 마치고 하교하는 길에 들른 어린 친구를 보고 생각했다. 동시에 내가 대체 무슨 리서치를 하고 있나 의아한 생각도 들었지만 말이다.

영혼을 닮은
무언가

타인을 인식할 때 눈에 보이는 것은 겉모습뿐이다. 우리는 타인을 우선 외관으로 구별해서 기억한다. 하지만 겉모습으로 인식한 사람과 점점 친해지다 보면 눈에 보이는 것은 여전히 겉모습뿐이더라도 우리는 무언가 다른 것을 보기 시작하는 것 같다.

왜 그런 생각이 들었냐면 옛날부터 알아온 친구들이 한결같은 모습으로 보였기 때문이다.

내 주위에서 동창회는 한 번 열릴까 말까 할 정도로 드문데, 10년쯤 전에 중고등학교 시절의 동아리 동문회가 열린 적이 있다.

그때 나는 서른 후반이었고, 30~40대를 중심으로 모였다. 졸업하고서 통 연락 없이 지냈던 나는 선후배를 모두 20년 만에 다시 만났는데, 중고등학교 때와 전혀 다르지 않아서 놀랐다. 물론, 다들 나이는 먹었다. 새까맸던 머리가 갈색을 띠고 있거나 생머리가 뽀글뽀글한 파마머리가 됐거나 맨얼굴이던 얼굴에 화장을 하고 있다거나 하는 당연한 변화도 찾아볼 수 있었다. 하지만 뭐랄까, 여전했다.

다들 나한테도 하나도 안 변했다고 말했다. 그때 나는 문득 미심쩍은 생각이 들었다. 하나도 안 변했을 리가 없잖아…… 혹시 다 같이 늙어서 모르나……? 중고등학교 때랑 똑같다며 손을 맞잡는 30~40대 여성들을 현 중고등학생이 보면 '아줌마들끼리 인사치레로 호들갑을 떤다'고 생각할 듯했다.

'하나도 안 변했다'는 말은 나이를 먹어갈수록 듣는 일이 자꾸 늘어간다. 동네에서 대학 시절 친구와 우연찮게 마주쳤다. 졸업하고서 처음 보는데도 스쳐지나가기만 했는데 '아!' 하고 알아차렸다. 이게 바로 변하지 않았다는 증거라고 할 수 있다. "어라, ○○ 아니니?", "어머나, 카쿠짱!", "하나도 안 변해서 바로 알겠더라", "뭐야아, 카쿠짱이야말로 여전하네. 이 근처에 사니?" 하고 짧은 대화를 나누고 헤어졌다.

학창 시절의 선후배, 아르바이트를 했던 곳의 직원, 데뷔 당시에 함께 일했던 편집자. 잠깐 스친 인연들이라서 얼굴도 잊었지만 잠시라도 친하게 지낸 적 있으면 입에서 이름은 바로 튀어나오지 않더라도 얼굴을 보면 금방 안다.

작년에 대학 시절 내가 소속돼 있던 동아리가 40주년을 맞이해서 기념 파티가 열렸다. 이미 60대인 동아리 창립자 세대부터 현재 대학교 1학년 새내기들까지 백 명이 넘게 모였다. 여기서도 나는 선후배들과 오랜만에 만났는데 다들 여전했다. 변하지 않았을 리가 없다는 사실을 알고 있더라도, 현역 대학생들 입장에서는 '호들갑스런 아저씨와 아줌마'로 보일지라도, 역시 다들 여전히 대학생 때와 한결같아 보였다.

그리하여 나는 생각했다. 다 같이 늙었기 때문에 모르는 게 아니라, 우리는 얼굴 말고 다른 곳을 보고 있었던 게 아닐까 하고.

그 사람이라고 우선 인식하게 하는 것은 얼굴이나 체형이다. 하지만 친해지는 과정에서 그 얼굴이나 체형과 더불어 우리는 다른 것을 본다. 또는 얼굴이나 체형을 통해서 다른 것을 접한다.

그것은 아마도 그 사람의 본질이나 핵심과 같은 것이 틀림없다. 개성이나 품성이 아니다. 나이도 경험도 그 무엇도 건드릴 수 없는, 늘지도 줄지도 않는 불변의 무언가. 그런 것을 우리는 누구나 가지고 있는 게 분명하다. 그리고 친할수록 그 부분을 볼 수 있게 되는 것이다.

그래서 몇 년 동안이나 얼굴 한 번 보지 못하고 지내더라도, 세월이 아무리 흘러도 바로 알 수 있다. 거리에서 스쳐 지나가더라도 알 수 있다. 하나도 변하지 않은 양 보이는 게 아니라 사실 조금도 변하지 않았다는 게 내가 세운 가설이다.

그리고 이런 생각도 들었다. 그 불변하는 부분의 형태나 크기나 색깔이나 무언가가 닮은 사람일수록 서로 친해지는 게 아닐까 하고.

인연이란 건 늘 참 신기하다. 학창 시절에 얼굴과 이름이 매치도 안 되던 사람과 30대에 들어서 재회했다가 사이가 돈독해지기도 하고, 한때 친했지만 소식이 끊긴 채 살다가 20년 후에 다시 왕래가 시작되기도 하니 말이다. 어째서 그런지 나는 모르겠다.

사이가 소원해지는 것은 별난 일이 아니라고 생각한다. 환경이나 취미나 입장이 달라지면 공유하던 것도 사라진다. 그리고 달라져가는 것이 당연하다. 신기한 것은 그런데도 오히려 관계가 이어지는 쪽이다. '이 사람이랑은 어떻게 30년 동안이나 술친구로 지내왔지?', '이 사람하곤 몇 년에 한 번 꼴로 얼굴을 보는데 어떻게 이렇게 오랫동안 관계가 유지될 수 있을까?'라고 생각해봐도 도무지 알 수 없지만 그 '불변하는 무언가끼리의 유사설'을 여기다 끌어놓으면 납득이 가기도 한다. 끼리끼리 모인다의 '끼리'는 성질이나 환경이 아니라, 더더욱 깊은 무언가를 뜻하는 게 틀림없다.

바람의
진화

골든위크라 해도 나에게는 평일과 다를 바 없지만 달력 위에서 그날이 지나면 서서히 다 됐구나 싶은 생각이 든다.

건강검진을 슬슬 예약해야 한다.

10년 동안 1년에 한 번 건강검진을 받고 있다. 6, 7월경이라는 시기에 별 뜻은 담겨 있지 않지만 어쩌다 보니 해마다 이 무렵에 받는다.

내 주변에는 종합건강검진은커녕 국가건강검진도 받지 않는 데다 회사에서 실시하는 검진도 안 받는다는 사람이 수두룩하다.

그냥 안 받는다는 사람도 있지만 받을 생각이 조금도 없다고 의사 표시를 분명히 하는 사람도 있다. 그 이유를 물어보면 어디 안 좋은 곳이라도 발견될까 봐 무서워서라고 다들 대답한다. 그럴 때면 이상한 사고방식도 다 있구나 싶다.

그런 사람이 많기 때문에 건강검진은 인기가 없겠거니 해도 5월쯤에 예약을 해야 할 만큼 예약이 꽉 차 있다.

요즘 나는 종합병원이 운영하는 종합건강검진 전용 시설에서 검진을 받고 있다. 병원과는 떨어진 장소에 있는 데다 한 층에 검사실이 쭉 들어선 곳이다. 접수를 마치고 건강랜드에서나 입을 법한 간편한 옷으로 갈아입고서 검사 순서가 적힌 용지와 내가 받은 번호표를 들고 각 검사실 앞에서 기다린다. 신장과 체중 측정부터 시작해서 채혈, 복부초음파, 심전도 순서대로 컨베이어 시스템처럼 착착 진행돼 나간다. 상당히 효율적이라서 불필요하게 대기하는 시간이 거의 없다.

플로어에는 곳곳마다 잡지 진열대가 있고 여러 잡지가 비치되어 있다. 평상시 잡지를 전혀 읽지 않는 내 눈에는 신선해 보여서 설레는 마음에 무심코 집어 들지만, 몇 페이지만 읽었다 하면 다음 검사 순서가 찾아온다. 한 권을 통째로 읽을 만한 시간이 없다. 번호가 불릴 때면 내가 상당히 실망스런 얼굴을 하는지 해마다

"잡지 계속 가지고 다니셔도 돼요"라고 검사기사가 말해준다.

그런데 해마다 의아한 게 있다. 바륨은 어째서 진화하지 않는가 하는 것이다.

이 건강검진 시설에는 최신 기기들이 가득하다. 내가 학생이었을 적을 생각하면 최첨단 기기를 갖추고 있다. 신장과 체중을 한꺼번에, 순식간에 재는 기계가 있는가 하면 골밀도를 측정하는 기계도 있다. 시력을 재는 것도 옛날에는 먼 곳에 붙여진 검사지를 사용했고, 뢴트겐도 시간이 많이 걸리는 방법으로 촬영했다.

그런데 바륨만큼은 지금도 여전히 맛이 없다.

대학생일 무렵, 즉 25년 전쯤에 위통이 하도 심해서 병원을 찾았다. 그것이 아마도 내가 처음으로 바륨을 마신 경험이 아닐까 싶다. 하얗고 묵직한 느낌의 걸쭉한 액체를 마시고 입술에 묻은 걸 손등으로 닦았더니 그러면 안 된다고 주의를 받았다. 트림을 해서는 안 된다는 설명을 들었을 때도 무서웠다. 평상시 트림을 안 하는데 나도 모르게 나올까 봐 조마조마했다.

그러고서 첫 건강검진을 받을 때까지 바륨과는 인연이 없었다. 바륨에 대해서 감쪽같이 잊은 채 살아왔다. 그리고 재회하고서 생생히 떠올랐다. 이 묵직함. 이 냄새. 목에 잘 넘어가지 않는 데다 맛없는 이 느낌. 그렇다, 이런 거였다.

바륨을 처음에 한 모금씩 마시고 있었더니 결국에는 쭉 들이켜 달라는 말을 들었다. 그러기엔 무리라는 생각을 늘 하지만, 마시지 않으면 이 상황이 끝나지 않을 테니 꾸역꾸역 마시는 수밖에 없다.

지금의 위 검사 기계도 25년 전의 시점에서 보면 최첨단이다. 그 최첨단 기계 위에서 위벽에 바륨이 잘 코팅되도록 몸을 여러 번 회전하라는 말을 듣고 나는 얌전히 지시에 따랐다. 최첨단 기계는 나를 비스듬히 거꾸로 매달린 것 같은 자세마저 취하게 만들었다. 우와, 대단하다는 생각이 들었다. '이렇게 대단한데 어째서 바륨은 여전할까?'라고 계속해서 생각해본다.

나는 다른 검사에 대해서는 딱히 별 생각이 없지만 바륨이라면 증오한다. 올해도 검사 순서가 적힌 용지를 받아들기가 무섭게 위 검사는 언제 받는지부터 살펴봤다. 그런데 웬걸, 마지막이었다. 건강검진 전날 저녁 여덟 시 이후에는 물만 마셔야 하고, 당일에는 물도 마셔서는 안 된다. 위 검사가 끝날 때까지는 수분도 섭취해서는 안 되는 것이다.

다른 검사를 다 마치고 위 검사를 받으러 향했다. 다른 검사 기사들은 여러 환자를 상대해서인지 사무적이거나 무뚝뚝하지만,

위 검사 기사는 해마다 친절하다. 이건 바륨을 마시게 한 후에 묘기에 가까운 동작을 요구해야 하기 때문이지 않을까 싶다. 환자를 딱하게 여기는 게 틀림없다.

바륨이 담긴 컵을 받아들고 그 묵직함에 놀라고는 잊고 있던 사실을 깨달았다. 올 한 해, 무의식적으로 바륨을 미화하고 있었다. 좀 더 산뜻하고 요구르트 맛이 살짝 나는 하얀 음료인 양 생각했다. 그렇지 않다. 질척한 진흙 같은 것이야말로 바륨이다.

올해도 컵 안에 담긴 내용물 전부를 쭉 들이켜 달라는 말을 듣고 마음속으로 고개를 절레절레 흔들면서도 꾸역꾸역 컵을 비웠다. 끔찍했다.

언젠가 바륨이 진화해서 목에 술술 잘 넘어가고 맛있게 변신하는 날이 찾아올까. 초콜릿 맛과 바나나 맛 바륨이 있다는 소리를 들은 적이 있는데 사실이려나. 그리고 과연 그것은 맛있을까.

바륨의 진화를 지켜보기 위해서라도 건강검진은 해마다 계속 받으러 다녀야겠다.

손을
가만히 바라보다

20대 초반 무렵에 있었던 일이다.

어느 남자 친구가 느닷없이 여자들은 목덜미부터 늙지 않냐는 이야기를 꺼내서 화들짝 놀란 적이 있다. 학창 시절에 알고 지내던 여자 친구를 우연히 딱 마주쳤는데 그 친구의 얼굴은 여전했지만 시선이 문득 갔던 목덜미가 탄력이 떨어지고 주름이 진 채 쳐져 있어서 흠칫했다는 이야기였다. 일단 그쪽에 눈길이 가버리자 그 친구가 더 이상 동갑내기로 보이지 않아서 왠지 엄청나게 충격적이었다고 그는 말했다.

나는 남자가 이런 유의 이야기를 꺼내면 겁부터 난다. 나는 일반적인 남성에 대해 '천성이 둔감하다'는 심한 편견을 가지고 있다. 헤어스타일을 바꿨는데도 연인이나 남편이 알아주질 않으면 화가 난다는 이야기를 흔히 듣는데, 나는 그런 이들이 바로 남성이라고 생각한다. 알아차리는 남성이 유별나다며 말이다.

그래서 아내나 연인이 화장을 하든 패션 스타일을 바꾸든 네일케어를 받든 2킬로그램을 빼든 남자들은 알아차릴 리가 없으며, 더구나 연인이 아닌 단순한 친구라면 까만 머리에서 샛노란 머리로 바꾼들 못 알아차리지 않을까 싶었다.

그래서 둔감할 터인 남자가 여자의 목덜미 이야기를 꺼내자 겁이 났던 것이다. 보고 있었잖아. 더군다나 여자들보다도 훨씬 유심히 보기까지 하고. 보기만 하는 게 아니라 뭔가 분석적인 행동까지 하고 있잖은가. 싫다 싫어.

나는 그때까지 사람의 목덜미를 의식해서 본 적이 없었다. 하물며 그 부분을 기준으로 젊다든가 늙었다는 생각을 한 적도 없었다. 왠지 섬뜩했던 나는 그 친구와 헤어지기가 무섭게 거울로 나의 목을 살펴봤다. 하지만 그가 말한 나이 든 목덜미인지 판단하지 못한 채 훗날을 위해서 목덜미에 대한 대책이나 세워야겠다고 진지하게 생각했다. 다만 아무리 생각해도 뾰족한 수가 나오질 않아서 결국엔 두 손 들었지만 말이다.

최근 들어서 그 목덜미 이야기를 자주 떠올리게 된다. 햇빛에 노출된 내 손등을 보고 가슴이 철렁했던 게 계기였다. 손등이 내 생각보다 훨씬 나이가 들어 있었던 것이다.

내가 나이를 먹었다는 사실이라면 알고 있다. 특히 나는 자기 관리에 허술한 편이라서 특별히 관리하는 것도 전혀 없다. 더구나 나는 나이를 극복하고자 세월에 맞선다기보다 나이와 사이좋게 살아가고 싶었다. 그러니 기미도 생기고 주름도 생기고 흰머리도 생기고 살도 쳐졌으리라고 생각한다. 그래서 내 얼굴에 주름이 져도 팔뚝이 중년다운 모습을 갖춰나가도 조금도 놀라지 않았지만 손등을 보고서는 깜짝 놀랐다.

햇빛에 노출된 손등에 주근깨 같은 기미가 생겨 있었다. 그리고 탄력이 없었다. 살결이 쭈글쭈글했다. 그런 말로 설명하는 것보다 훨씬 나이가 들어 있었다. 그렇구나, 이게 내 손이구나. 손등을 진지하게 바라보다 20여 년 전에 들었던, 젊은 시절의 친구가 한 말이 떠올랐다. 바로 지금, 나는 내 손등을 보고 '나이는 이렇게나 솔직히 손에 드러나는구나' 하고 섬뜩한 마음이 들었다. 그때의 그 친구처럼.

나는 손등을 발바닥과 마찬가지로 등한시하며 살아왔다. 아니, 발바닥 쪽은 발마사지를 받거나 대나무로 발 지압을 해가면서 꽤 신경을 써왔다. 아무리 자기 관리에 소홀하다고 해도 세안은 하는 데다 기초 화장품을 바르기도 하고 몸에는 선크림을 바른다. 하지만 손등에 신경 썼던 적은 한 번도 없다. 겨울에 핸드크림도 바르지 않았고, 여름에 선크림을 바른 적도 없다. 매니큐어도 칠하지 않는 데다 손거스러미는 쥐어뜯었다.

예전에 처음으로 찾아간 화장품 매장에서 자외선 대책 이야기가 나온 적 있다. 나를 상대하던 판매 여사원은 그 당시에 선크림조차 바르지 않던 나를 외계인을 보다시피 하며 그게 얼마나 잘못됐는지를 청산유수처럼 이야기하기 시작했다. 그러더니 자신은 바닷가에 가서도 어깨까지 오는 토시에 손목까지 가리는 장갑을 끼고, 일본식 버선 스타일의 양말을 신는다고 말했다. 토시까지는 이해하겠지만 장갑이나 버선은 오버가 아닌가 하고 나는 내심 생각했다. 아니, 그렇다기보다 그런 걸 몸에 치렁치렁 걸쳐야 할 바엔 바다에 안 가고 말겠다고 생각했다.

이제 와서 보니 그 판매 사원이 타당했던 것 같다. 그녀의 손은 지금도 여전히 기미도 주름도 주근깨도 없이 분명 매끈하고 아름다울 테다.

그렇게 마음에 새기고 20대로 돌아가더라도 나는 손등에 신경을 쓰지는 않을 것이다. 인생을 몇 번이나 다시 산다 해도 지금의 나이가 된 나는 이 손등에 도달하겠지 하고 오버스러운 생각이 들기도 한다.

간혹 나이를 묻는 말에 서른일곱이라는 대답이 나올 것 같을 때가 있다. 속이겠다는 게 아니라 아차 싶은 순간에 헷갈리는 것이다. 내적인 성장이 멈춰서가 아닐까 싶은데, 그렇게 생각한다면 자신의 나이를 가장 솔직히 말하고 있는 것은 뭐니 뭐니 해도 이 손등이 아닐까 싶다.

숨은
알레르기라는 것

　원인불명의 두통으로 고생하던 친구가 있었다. 여러 가지 검사
를 받았지만 특별히 나쁜 곳을 찾을 수 없었다. 원인 해명을 포기
하던 차에 '지연형 알레르기 검사'라는 것이 있다는 사실을 알고
시도해봤다. 그 결과, 지금까지 감쪽같이 몰랐지만 유제품 알레
르기가 있다는 사실이 판명되었다. 그리고 유제품 섭취를 자제하
자 놀랍게도 두통이 싹 가셨다.
　그런 이야기를 해준 친구에게 그 무슨무슨 알레르기 검사가 뭐
냐고 물었더니 자신이 어떤 음식물에 알레르기를 가지고 있는지

를 알 수 있는 검사라고 했다.

알레르기 검사라고 일률적으로 칭해도 여러 가지가 있다. 식물이나 동물, 집먼지나 진드기 등에서 원인을 찾는 테스트가 있는가 하면, 음식물에서 찾는 것도 있다. 그 대부분이 이미 증상이 발현된 사람을 대상으로 하고 있다. 재채기와 콧물, 두드러기가 나고 입안이 따끔따끔한 식으로 나타나는 증상의 대부분은 즉시형 과민 반응이라고 하는 모양이다. 무언가를 섭취하거나 무언가에 접촉했을 때 바로 반응이 일어나는 것이다.

그에 비해 몇 시간 후나 며칠 후에 반응이 나타나는 경우도 있는데, 그것이 지연형 과민 반응이다. 이것은 증상이 늦게 나타나기 때문에 원인을 밝혀내기가 어렵다. 더구나 이 증상이 지극히 가볍고 만성적이거나, 재채기나 발진이라는 전형적인 알레르기 증상이 아니라 몸의 온갖 부위와 기관에 발생할 가능성이 있으니 알레르기와 결부시켜 생각하기가 여간 어려운 게 아니다. 이른바 숨은 알레르기인 것이다.

이 자각 증상이 없는 알레르기를 밝혀내는 것이 친구가 받은 검사다.

친구의 설명을 듣던 내가 한 생각은 '만약 나한테도 유제품 알레르기가 있다면 어떻게 살아가나'였다. 호들갑을 떠는 것처럼 보일지도 모르지만 나는 유제품을 진심으로 사랑하기에 두통을 택할지 우유, 치즈, 아이스크림 요구르트를 택할지 나한테 선택지를 들이댄다면 우유……라고 엉겁결에 대답할 것 같다.

하지만 왠지 알고 싶었다. 나한테는 자각할 수준의 음식물 알레르기가 전혀 없다. 지식도 없다. 달걀이라면 달걀, 굴이라면 굴을 평생치를 먹은 인간이 알레르기가 있겠냐는 우스운 생각을 하던 시기도 있었다. 그런 나를 조금은 부끄럽게도 생각한다. 이 검사는 아흔여섯 가지 품목이나 되는 식품에 대해서 검사한다고 하니 이런 나한테도 어쩌면 알레르기가 있을지도 모른다.

몸소 느껴지는 불편함은 전혀 없지만 궁금해서 여간 참을 수 없어서 이 검사를 실시하는 클리닉을 방문했다. 검사는 지극히 간단했다. 혈액 채취만 하면 끝이었다. 그 혈액을 이 검사를 시행하는 미국 연구소에 보내면 결과는 대체로 3주 후에 알 수 있다고 한다.

나는 검사를 받았다는 사실을 까맣게 잊고서 한 달이 지난 후에야 '아, 검사 결과를 들으러 가야지' 하고 떠올렸지만, 이번에는 시간이 여간 나질 않아서 한 달 반쯤 지나서 마침내 검사 결과를 들으러 갈 수 있었다.

만약 알레르기가 있는 게 술이라면 어쩐담. 고기라면. 아니, 흰쌀이라면 더 난감하지 않으려나. 콜리플라워라면 딱히 상관없을 텐데.

그런 생각을 하면서 클리닉으로 향했다. 결과는 건강검진처럼 팸플릿으로 받았다. 고기, 유제품, 과일 등으로 분류되어 있었고, 그 안에서 더욱 세부적으로 '소, 닭, 돼지, 달걀흰자, 달걀노른자, 양' 등으로 나눠져 있었다. 0에서 6까지 색으로 구분된 표가 있었는데 0이 무반응, 즉 알레르기 없음을 뜻했고 6이 가장 높았다.

자신의 표를 언뜻 보고 알 수 있었던 것은 '별 이상이 없다'는 사실이었다. 선생님도 "신기할 만큼 알레르기가 전혀 없네요. 이런 경우는 드문 편이에요"라고 말해줘서 왠지 칭찬을 받은 듯하여 의기양양한 기분이 들었다. 다행이다. 유제품도 고기도 문제없었다. 참고로 술이라는 항목은 없었다.

그때 딱 한 가지, 중간치에서 아래에 해당하는 품목이 있었다. 어라, 뭐지 싶어서 살펴보니 굴이었다.

사실 나는 30대 중반까지만 해도 굴을 입에도 대지 못했다. 알레르기 때문이 아니라 단순히 모양이 징그러웠기 때문이다.

어느 날 친구네에서 굴 스튜를 대접받게 돼서 남길 수 없는 상황에 처하는 바람에 먹어보고 비로소 그 참맛에 눈을 떴다.

그 이후로 굴 시즌이 왔다 하면 굴을 늘 찾아 먹지만 어째서인지 네 개가 한계였다. 굴이라면 정신을 못 차리는 사람은 굴탕에 풍덩 빠지고 싶다고 할 정도인 데다, 내 친구는 굴 뷔페에 갈 때면 몇 개라고 꼽을 것도 없이 배가 터져라 먹어댄다.

나도 굴을 좋아하긴 하지만, 그렇게까지는 손이 가질 않는다. 날것으로도 찜으로도 튀김으로도 그릴로 구운 것으로도 두 개까지가 제일 맛있게 먹을 수 있고, 네 개가 한계다. 그 이상 먹으면 속이 메슥거린다. 이 현상을 줄곧 굴을 늦은 나이에 찾아 먹기 시작해서라고 생각했다. 좋아하지만 먹는 데 익숙지 않아서 많이는 먹지 못하는 것이라고.

하지만 이 표를 보고 내 예상이 틀렸구나 싶었다. 중간 정도는 말 그대로 중간 정도라서 심한 편은 아니다. 게다가 중간치의 아래에서도 아래, '낮다'에 가까웠다. 먹어서는 안 된다는 것도 물론 아니었고, 매일 먹는 것은 자제하는 편이 좋다는 정도의 사소한 결과에 불과했다. 하지만 이렇게 수많은 무반응 중에서 유일한 중간 수치. 내 미각과 몸은 어쩌면 이 유일한 '중간 수치'를 무의식적으로 자각하고 있었던 게 아닐까. 분명 한 번에 다섯 개 이상을 먹어치우면 배탈이 나거나 속이 메슥거리거나 무언가 알레르기 증상이 일어난다는 것을 야성적인 감으로 감지해서 나를 자제시켰던 것이 틀림없다.

뭔가 알레르기가 있는 섬세한 몸이 아닐까 싶었지만 반대로 나 자신의 짐승 같은 측면을 알게 된 검사였다.

의자와
세월

 산에 갔다가 정상을 바로 코앞에 두고 불과 몇 미터쯤 되는 내
리막에서 굴렀다. 바위 밭에서 굴렀는데, 엉덩방아를 찧은 바로
그 장소에 흉기처럼 뾰족한 바위가 있었다. 나의 꼬리뼈가 직격당
했다. 아픈 나머지 주변 사람들이 돌아볼 만큼 소리를 질렀다. 하
지만 일어서보니 설 수 있었다. 그리고 걸어보니 못 걸을 것도 없
었다.
 2년 전, 계단에서 미끄러지는 바람에 다섯 계단 정도를 굴러서
엉덩방아를 세게 찧었는데 이때는 시간이 지날수록 통증이 심해

져서 걷지도 못할 지경이었다. 급하게 병원에서 진찰을 받았지만 뼈는 부러지지 않았고 심한 타박상이라고 했다. 걷지 못할 지경이라 휠체어를 타고 귀가해서 이튿날은 침대에서 꼼짝도 못했고 그후 2, 3일은 목발을 짚고 꾸역꾸역 다녔다.

그런 고통에도 타박상이라고 했으니 일어설 수 있고 걸어 다닐 수 있는 상태는 아주 가벼운 타박상이겠거니 판단해서 산에서 내려와 도쿄로 돌아왔다. 이튿날에도 걸어 다닐 수 있기는 했지만 통증이 가시질 않았다.

으음. 병원에 가야 할지 말아야 할지 망설여졌다. 저번의 엉덩이 강타 사건으로 알게 된 사실인데, 타박상일 경우 병원이 해줄 수 있는 일은 찜질용 파스나 진통제를 처방하는 일뿐이었다. 통증이 여간 심할 때는 환부에 진통제 주사를 놔주기도 하지만, 그게 다였다. 나머지는 이제 시간이 지나서 낫기만을 기다리는 수밖에 없었다. 이번에도 백이면 백 그럴 테다. 그런데도 굳이 병원에 가서 아픔을 참아가며 "아야야야야야" 하고 옷을 벗고 진찰대에 누울 필요가 있을까. 없지 않을까.

나는 엉덩이를 드러내는 수고(와 동반되는 고통)를 아껴서 병원에 가지 않겠다고 마음먹었다. 마음을 먹기는 했지만 아팠다. 결국 넘어진 지 사흘 째 되는 날에 진통제라도 처방받아야겠다 싶어서 동네 정형외과에 갔다.

예상했던 대로 "아야야야야야" 하며 옷을 벗고 뢴트겐을 찍고 서는 진찰대에 누웠는데, 결과는 놀랍게도 골절이라고 했다. 꼬리뼈 위에 엉치뼈라는 뼈가 있다는데 그곳이 부러졌다고 한다. 뢴트겐 사진을 보아하니 확실히 척추에서 쭉 이어지는 뼈의 일부가 〉모양으로 휘어져 있었다.

그런데 팔이나 다리와 달리 깁스를 할 수 있는 위치가 아니라서 갈비뼈와 마찬가지로 안정을 취하는 수밖에 없다고 했다. 즉 타박상과 마찬가지로 진통제와 찜질용 파스와 시간의 경과에만 의지해야 하는 모양이었다. 왠지 석연찮은 기분으로 병원을 나와 옆에 있는 약국에서 약과 찜질용 파스를 샀다.

나는 태어난 이후로 뼈가 부러진 적이 없었다. 지금까지 살아온 인생에서 가장 고통스러웠던 적은 2년 전에 엉덩이 타박상을 입었을 때였는데, 그때도 뼈가 부러지지는 않았다. 그래서 뼈에 관해서는 끄떡없다고 은연중에 생각하고 있었다. 그렇다면 이게 태어나서 처음 겪는 골절상이라는 건데 엉치뼈라니. 뭐랄까, 너무 미묘하지 않은가.

엉치뼈라는 것은 조사해보니 척추 하단, 몸의 중심에 있어서 척추를 지지하는 중요한 뼈라고 한다. 이 뼈가 뒤틀리면 자율신경에 이상이 생기거나 자궁과 연결되어 있기 때문에 부인과 질환이 발생하는 경우도 있다고 한다. 생긴 건 상당히 수수한데 굉장히 중요한 역할을 맡고 있지 않은가. 그런데 그렇구나. 찜질용 파스와 진통제와 시간의 경과밖에 나을 방법이 없다는 건가…….

얼른 나으려면 오랜 시간 동안 앉아 있지 않도록 하라고 했지만, 내가 하는 일은 두 말 할 거 없이 오래 앉아 있지 않으면 성립되지 않는 일이다. 헤밍웨이처럼 서서 글을 쓸 수 있다면 좋겠지만 그건 좀 무리일 것 같았다. 부득이하게 도넛 쿠션을 샀다.

내 작업실 의자는 에어론체어라는 인체공학적으로 만들어진 훌륭한 의자다. 아마 내 작업실 용품 중에서 책장 다음으로 고가일 것이다. 이렇게 멋들어진 의자는 필요 없지만 3년 전에 허리를 삐끗하고서 다급히 장만했다. 말하자면 요통 재발 방지 대책인 것이다. 거기다가 도착한 도넛 방석을 깔았다. 멋과는 거리가 아득히 먼 그 풍경을 보고 떠오른 것은 나이를 먹긴 먹었구나 하는 한마디였다.

삐끗했던 허리도 엉치뼈 골절도 나이와는 무관하다. 20대도 허리를 삘 수 있고, 등산을 하지 않았더라면 아니, 바위 밭에서 미끄러지지 않았더라면 골절과는 인연을 맺을 일 없이 나이를 먹었을 것이다. 따라서 그런 의미에서의 '나이'를 말하는 게 아니라, 싫든 좋든 무언가가 쌓여간다는 의미에서의 '나이'를 말하는 것이다.

삐끗한 허리도 골절상도, 그런 조짐조차 없었더라면 작업실 의자는 착용감은 둘째 치고 디자인을 중시해서 골랐을 테고, 도넛 방석처럼 상당히 볼품없는 물건을 깔 일도 없었을 것이다. 하지만 그런 물건들이 쌓이고 쌓여서 자신의 취향과는 정반대인 실용적인 의자가 되어가고 있었다. 이것이야말로 바로 나이를 먹는 일, 세월이 지나는 일처럼 느껴졌다.

그리고 동시에 앞으로도 이 의자가 나의 나이듦을 상징해나갈 것 같다는 예감이 들었다. 등이 아파서 두툼한 쿠션이 추가되고 팔꿈치가 쑤셔서 팔걸이에 쿠션 같은 커버를 씌우기도 하고 냉중에 견디다 못해 겨울철에는 무릎담요와 세트를 이루기도 하는 등 갈수록 자신의 몸이 느끼는 불편함에 따라 멋스럽지 않은 방향으로 맞춤 제작되지 않을까. 언젠가 원래는 어떤 물건이었을지도 알 수 없을 만큼 맞춤 제작된 그 의자를 보고 '나와 함께 나이를 먹어온 전우여……'라고 생각하지 않으려나. 그런 나의 모습이 눈에 참으로 훤히 그려졌다.

젊은
아니지만

뭐가 무섭냐면 갱년기 장애가 그렇다. 이 에세이를 연재하기 시작했을 때부터 나는 갱년기 장애에 대해서 쓰고 있는데, 정보는 많지만 개인차가 너무 커서 뭐가 뭔지 종잡을 수 없다는 점이 늘 두려웠다. 몇 살에 갱년기가 찾아오는지, 어떤 증상이 나타나는지. 최대공약수적인 나이는 여러 책에 나와 있고 인터넷에서도 조사할 수 있다. 하지만 실제로는 최대공약수로 나온 그 연령에 그 증상이 나타나는 사람이 오히려 더 적은 듯하다.

여자들 여럿이서 대화를 나누다 이런 이야기가 나온 적 있다.

아직 젊은 친구 한 사람이 갱년기 장애와 콩 사이의 관계에 대해서 그때 해준 이야기인데, 콩을 원료로 한 식품을 일상적으로 섭취하는 일본인은 다른 나라 여성에 비해 갱년기 증상이 가벼운 모양이다. 그 콩을 섭취했을 때 체질에 따라 에쿠올(Equol)이라는 물질을 체내에서 만들어내는 사람과 만들어내지 못하는 사람이 있다고 한다. 에쿠올을 만들 수 있으면 섭취한 콩의 이소플라본이 효과적으로 흡수된다. 즉, 에쿠올을 만들어내는 사람은 갱년기 증상이 가볍다는 뜻이 된다.

평소라면 이런 이야기를 듣다가 나는 머리가 멍해져서 이해하기를 거부한다. 그런데 이때는 갱년기가 머리 한구석에 늘 자리잡고 있어서인지 진지하게 듣고서 에쿠올이 무엇인지 온전히 파악하지는 못했지만 대충은 이해했다. 즉, 그 에쿠올이 체내에서 만들어지는 체질인지 아닌지에 따라서 갱년기 증상이 달라지는 모양이구나 라고.

그 젊은 친구 말로는 일본에는 체내에서 에쿠올을 만들어낼 수 있는 여성이 50퍼센트 정도라고 한다.

절반이구나……. 더구나 "저는 만들어낸대요!"라고 당당하게 말하지 않는가! 와아, 만들어낸다고? "좋겠다, 진짜 좋겠다"라고 일제히 목소리가 높아졌다. 물론 나도 초등학생처럼 연달아 외쳤다. 좋겠다, 좋겠다, 좋겠다.

에쿠올을 만들 수 있는 체질인지 아닌지를 검사할 수 있는 키트가 있어서 인터넷으로 신청하면 우편으로 주고받는 식으로 검사를 받을 수 있다고 했다. 이 말을 듣고 나니 검사하지 않고서는 배길 수 없었다.

이때 이미 내 안에서는 '에쿠올 검사＝점'이라는 공식이 성립되어 있었다. 애초에 이소플라본이나 폴리페놀, 에스트로겐, 호르몬이라는 용어를 들어보기만 했지 어째서 존재하는지는 제대로 몰랐고 알고자 한 적도 없었다. 나는 그와 같은 사실을 체계적이고 이론적으로 받아들이는 게 몹시 서툴다. 그래서 에쿠올을 만들 수 있는 몸인지 아닌지 심플한 사실만 받아들였다. 게다가 점이란 건 맞을 수도 있고 안 맞을 수도 있지 않냐는 식으로 받아들이고 있었다.

나는 즉시 키트를 주문해서 검사해봤다. 채뇨해서 보내면 열흘 정도 만에 진단 결과가 우편으로 날아온다. 소변을 우편으로 보낸다는 사실에 심한 거부감이 들었지만 그런 것보다 역시 나의 몸에 대해서 알고 싶다는 마음이 더 컸다.

50퍼센트라는 그 비율을 생각했다. 나는 체중이든 체지방이든 신체적 수치 대부분이 평균이나 대다수에 속한다. 그런데 간혹 엄청난 확률로 무언가를 끌어당길 때가 있다. 예를 들어 말라리아 환자를 이미 몇 십 년이나 찾아볼 수 없었다는 섬에 여행을 갔다가 말라리아에 걸린다든지, 어린아이와 노인 말고는 웬만해선 감염되지 않는다는 로타바이러스에 걸리는 식으로 말이다. 말라리아에 걸렸을 때는 복권을 사도 당첨될 것 같은 기분이 들었다. 하지만 에쿠올의 경우는 비등하다. 어느 쪽이 많지도 적지도 않다.

그렇다면 나는 어느 쪽일까. ……내가 하는 생각이 어쩌다 보니 점에 가까워지고 있다는 사실도 모른 채 나는 결과가 오기를 기다렸다.

마침내 우편으로 온 봉투를 꾸역꾸역 찢어서 내용물을 꺼냈다. 모습을 드러낸 용지에 '귀하는 에쿠올을 생산할 수 없습니다'라고 쓰여 있었다. 생산할 수 없습니다. 생산할 수 없습니다. 생산할 수 없습니다. 마음속 깊은 곳에서 반복되었다.

만들 수 없구나……. 낙담했다. 그 젊은 친구는 만들 수 있는 쪽이었는데 나는 만들 수 없었다. 제비뽑기에서 꽝을 뽑은 듯한 심정으로 그 글자를 바라보다 흠칫했다. 이게 뭐였더라. 이걸 만들 수 있으면 어떻다는 거더라. 그리고 만들 수 없으면 어떻게 된다는 거더라. 내 안에서는 이미 말 그대로 점으로 둔갑해 있었다.

맞다, 갱년기 장애와 관련된 거였지. 하지만 만들어낼 수 없는 경우에도 영양제를 복용하면 효율적으로 이소플라본을 흡수할 수 있는 모양이다. 그 내용이 상세히 적혀 있는 설명서를 설렁설렁 보기만 하고 제대로 읽지도 않았고, 물론 영양제를 복용하지도 않았다. 나에게 있어서 검사는 역시 점과 같은 존재라는 사실을 재확인했을 뿐이다.

나에게 다가오는 변화를 무심히 받아들이고

이제 내 나이가 쌓이는 방식을 새롭게 만들어볼 테다

'나'라는 사람의
모순

술을 즐긴다고 한마디로 말해도 좋아하는 방식은 천차만별이다. 술 자체의 맛을 좋아하는 것과 취하는 것을 좋아하는 것은 다르다. 다 같이 한잔하는 것을 좋아할 수도 있고, 술자리를 좋아하는 경우도 있다. 나는 이제껏 내가 술자리를 좋아한다고 생각했다. 길고 긴 시간 동안 다 함께 웃고 속내를 털어놓는 것을 좋아한다고 생각했다.

하지만 호불호의 문제가 아니라 나에게 있어서 술은 필요한 존재라는 사실을 깨달은 것은 마흔에 들어서였다. 술을 걸치지 않으면 나는 다른 사람과 이야기를 제대로 나누지 못한다. 애초에 나는 세상 돌아가는 이야기를 꺼내려 하면 입이 떨어지질 않는다. 날씨나 기후, 정치나 경제, 텔레비전 프로그램이나 뉴스 이야기가 입에서 선뜻 나오질 않는다. 소설이나 영화나 음악이나 그 외에 흥미가 있는 것을 이야기하면 그것은 세상 돌아가는 이야기가 아니라 본격적인 이야기가 된다. 말 그대로 '본론'인 것이다.

본론에 들어가려면 술의 힘이 필요하다. 나는 사람을 상대할 때 대체로 긴장하는 편이고, 늘 몸 둘 바를 모르겠다. 하지만 술을 들이켜면 마침내 그런 상황에서 해방되어 속내를 실컷 이야기하고 상대의 속내를 들을 수도 있다.

그 사실을 모르고 있었지만 술을 마셔도 되는 나이가 되고부터는 쭉 즐겨 마셔왔다. 나는 서른 중반이 될 때까지만 해도 아무리 퍼마셔도 숙취라는 걸 몰랐다. 숙취는 어떤 느낌일까 싶었다.

그러다가 어느 순간부터 어떤 느낌인지 몸소 알게 되었다. 숙취는 정말로 무거운 형벌처럼 괴롭고 고달픈 것이었다. 목이 바짝 타들어가고 머리가 지끈거리는 데다 속이 메슥거리고 온몸이 나른하고 불쾌하게 졸렸다. 이렇게 괴로운 거였구나 하고 놀란 나는 숙취에 대한 고찰까지 했다. 숙취가 없었더라면 술 때문에 인류는

멸망하지 않을까 하는 결론에 도달했다.

이 숙취라는 것은 나이와 더불어 점점 심해진다. 너무 힘들어서 몇 해 전부터는 숙취 대책을 이것저것 강구하기 시작했다. 그러다 울금 드링크제부터 울금 알약까지 찾게 되었다. 그런데 가을 울금(생강과의 식물—옮긴이)이 좋다느니 봄 울금이 좋다느니 말이 많은지라 뭐가 뭔지 몰라서 복용하다가 관뒀다. 그다음으로 숙취 해소 보조제 '아미노바이탈 간파이 이키이키'를 발견해서 복용했는데, 단골 약국에서 취급하지 않게 되자 복용하기를 관뒀다. '노미카타'라는 보조제도 복용해봤지만 나한테는 왠지 맞지 않는 듯했고, 친구가 복용하는 '신쿠로마루'라는 보조제를 복용해봤는데 이것도 딱히 효과를 실감하지 못했다. 오키나와에서 파는 '류큐 슈고덴세쓰(琉球 酒豪傳說)'도 이름이 엄청난 만큼 확실히 효과가 있는 것 같았지만 자잘한 알약을 많이 먹기가 버거웠다. '헤파리제'도 나쁘지는 않았지만 이건 나한테는 오히려 한잔하기 전보다 이미 숙취 상태일 때 복용하는 편이 효과적이었다.

그럴 때 '아르케시쿨'이라는 보조제를 만났는데 이건 나한테 실로 잘 들었다. 이걸 복용하고 나서 술자리에 나가면 두통이나 권태감, 위통이 경감됐다. 나한테는 진정한 구세주였기에 매일같이 챙겨 다녔다.

그런데 어느 날, 어느 약국을 가도 이 약을 찾아볼 수 없게 됐다. 약국 사람에게 약의 행방을 물었더니 하이치올C와 성분이 같으니 그걸 사도 매한가지라는 답을 들었다. 시험 삼아 하이치올C를 구입해보니 확실히 효과가 있었다.

이후 나는 하이치올C의 신봉자가 되어 한 병씩 가지고 다니며 모임 전에는 반드시 마신다. 숙취의 괴로움에 눈을 뜨자 다른 사람도 그런 일을 겪게 하고 싶지 않다는 심정에 그 자리에 있는 사람에게 병을 쭉 돌리기도 한다. 특히 회사원에게 강력하게 권하고 싶은 바다. 이튿날 숙취 상태로 출근하는 일은 상상만 해도 끔찍하니 말이다.

영양제를 복용하지 않는 데다 건강음료나 건강식품에도 눈길 한 번 안 주던 내가 이렇게 열심히 이것저것 시도해보고 자신에게 맞는 것을 찾아냈다는 것은, 내가 하는 일이지만 대견하다. 한편으로는 숙취가 그렇게도 괴로웠나 싶어서 기가 차기도 한다.

그런데 사후 대책을 세우는 데는 이렇게 정신없이 바쁘면서 사전 대책은 나 몰라라 하고 있었다. 즉, 마시는 양을 줄이면 만사 오케이인 것이다. 나에게 중요한 것은 술이지 양이 아니다. 두 잔 정도 마시면 이야기를 무난하게 주거니 받거니 할 수 있게 되니

술이 떡이 되도록 마실 필요는 전혀 없다. 그런데 적당히 마시는 법이 없다. 모임만 했다 하면 반드시 마지막까지 남고 코가 삐뚤어지게 취한다.

도중에 술자리를 접거나 마시는 페이스를 늦추거나 중간에 우롱차로 슬쩍 바꿔치지를 못한다. 나는 절대로 불가능하다.

그 절대성을 알고 있지만, 동시에 의아한 생각도 든다.

20대인 나에게 당신은 마흔을 넘기고 풀마라톤을 완주하게 된다고 일러줘도 일단 믿지 않을 것이다. 그런 일은 있을 수 없다고 생각할 테다. 하지만 그 있을 수 없는 일을 나는 지금 해마다 하고 있다. 처음에는 1킬로미터도 채 달리지 못했는데, 한 달에 1킬로미터씩 거리를 늘리다 지금은 40킬로미터 이상을 달리고 있다. 그런 게 가능하다면 마시는 양을 줄이는 것쯤은 거뜬할 테다. 진심으로 그렇게 생각한다. 하지만 불가능하다.

비가 내리는 날에 계단에서 미끄러져 굴러 떨어지고 나서부터 비가 오는 날이면 계단에서는 난간을 붙잡고 다니게 되었다. 난간이 없을 때는 신중에 신중을 기하며 내려가게 되었다. 그만큼 타박상이 고통스러웠던 것이다. 숙취의 괴로움과 이 타박상의 고통은 내 안에서는 거의 동급이다. 그런데 숙취에는 아무 조치도 취하지 못한 채 20년 이상이 지났다는 사실이 참으로 의아하다.

내 안의 실로 사소한, 그리고 무엇보다도 가장 거대한 모순이
라고 할 수 있다.

젊음을 되찾은
수면

'롱 슬리퍼', '쇼트 슬리퍼'라는 말을 서른 넘어서 처음 들었다.

확실히 내 친구 중에는 서너 시간만 자는데도 끄떡없는 사람이 있다. 나는 그런 사람은 어쩔 수 없이 그렇게 지낸다고 이제껏 생각했다. 밤이 깊어지도록 술을 퍼마시다가 회의가 있으니 하는 수 없이 아침 일찍 일어나는 생활을 반복하고 있을 뿐이라고 생각했다. 그래서 언젠가 탈이 날지도 모르니 생활 습관을 바꾸는 편이 나을 거라고 진지하게 조언하기도 했다.

그런지라 수면을 짧게 취해도 끄떡없는 체질이 있다는 사실을 알았을 때 바로 믿을 수 없었다. 간신히 납득하고서 즉각 떠오른 생각은 '부럽다!'였다. 하루에 서너 시간만으로 수면을 해결할 수 있다면 나보다도 하루가 네 시간쯤 길다는 게 된다. 그 네 시간이 있다면 나는 하고 싶은 일이 산더미다.

나는 쇼트 슬리퍼도 롱 슬리퍼도 아닌, 평균적인 수면 시간이 필요한 사람이다. 가장 안심할 수 있는 수면 시간은 여덟 시간이다. 여덟 시간 동안 수면을 취할 수 있으면 나로서는 이상적이라고 할 수 있다.

하지만 일이 눈코 뜰 새 없이 바빠지면 매일 여덟 시간씩 꼬박꼬박 수면을 취하기 힘들어진다. 가장 정신없이 바쁠 때는 잠에 다섯 시간도 채 할애할 수 없었다. 새벽 다섯 시에 작업실로 가서 일을 시작해서는 오후 다섯 시에 마친 다음 그길로 회의나 술자리에 참석했다가 어떻게든 열두 시에 잠자리에 들도록 했다. 노상 졸렸지만, 다섯 시에 시작하지 않으면 일이 끝나지 않으니 어쩔 수 없었다. 말 그대로 어쩔 수 없이 그렇게 지내는 상태였다.

그 무렵, 나는 쇼트 슬리퍼인 사람을 진심으로 부러워했다. 그리고 나이를 먹을수록 수면 시간이 짧아진다는 이야기를 듣고 기대하고 있었다. 고령자의 아침이 이르다는 이야기라면 자주 접하고 있고, 실제로도 그럴 터였다. 하지만 40대에서 50대라는, 아직

노령이라고 하기에도 뭣한 사람도 '요즘 들어 아침 일찍 잠이 한 번 깼다 하면 그 길로 다시 눕질 못한다'는 이야기를 하자 나도 아무쪼록 그렇게 되고 싶다고 내심 생각했다.

그런데 나이의 계단을 한 칸씩 올라가 그 치열한 시기에서 10년이나 지나려 하고 있는데도 나는 여전히 졸리다. 게다가 아침에 갈수록 약해지고 있다.

현재 내 수면 시간은 여섯 시간에서 일곱 시간이다. 밤 열두 시에서 한 시 무렵에 잠들어서 대개 일곱 시에 일어난다. 여섯 시간도 일곱 시간도 부족하다. 눈코 뜰 새 없이 바빴을 시기보다 훨씬 더 졸리다. 시도 때도 없이 늘 졸리다. 전철이나 버스에 타면 타기가 무섭게 잠이 든다. 하지만 낮잠은 자지 않는다. 낮잠을 자다 일어나면 더 졸리기만 하니 말이다.

그리고 예전에는 벌떡 일어났는데 이젠 뭉그적대다가 일어난다. 일곱 시에 맞춰놓은 자명종을 끄고서 굳이 수고스럽게 일곱 시 반으로 다시 맞추고는 잔다.

더구나 불과 5년 전쯤이라면 한잔하고 귀가가 늦어져서 잠자리에 드는 시간이 서너 시더라도 이튿날이면 거뜬히 일어났다. 뭐, 숙취가 남아 있거나 졸리기는 했어도 어떻게든 일어나서 아홉 시전에는 작업실로 갔다.

그런데 요즘 들어서는 몸이 천근만근이다.

일어나고자 마음먹어도 무심결에 자명종을 끄고 잠들어버리기 일쑤다. 화들짝 놀라서 깨면 아홉 시나 열 시. 여섯 시간이라는 최소한의 수면 시간을 몸이 제멋대로 유지하고 있다.

이 사실에 은근히 충격을 받았다. 나는 저혈압이 심하지만 아침에 일어나기가 버거웠던 적은 어릴 때부터 한 번도 없었다. 벌떡 일어나서 바로 침대에서 내려와 세수를 했다. 그 정도로 아침마다 가뿐하게 40년 이상을 살아왔다. 그런데 이 나이가 돼서 아침마다 뭉그적거리다가 다시 잠이 들다니.

아침마다 정신을 못 차리면 큰일이 벌어질 수 있다는 사실 또한 처음 알았다. 작년에는 비행기 시간에 늦었고, 올해는 생방송에 지각할 뻔했다. 늦잠을 자느라 지각을 한 전례가 없기 때문에 그런 실패를 겪을 때 받는 데미지가 하나하나 크게 와 닿는다. 그래서 최근엔 아침 일찍 일어나야 할 때는 온 집 안의 시계를 쓸어모아다가 시간을 맞춰놓는다.

나이와 더불어 수면 시간은 짧아질 텐데 내 경우에는 점점 길어지는 걸까. 수면에서만큼은 젊음을 되찾아가는 걸까.

언젠가 매일 자명종을 맞추지 않고 자고 싶은 만큼 자는 게 내

훗날의 꿈이다. 하지만 어쩌면 새벽잠이 적은 노인이 되고 싶다는 꿈으로 바꾸는 편이 나을지도 모르겠다. 졸리지만, 그렇게까지 오래 자고 싶지는 않으니 말이다.

이것이
꿈꾸던 것인가

피부에는 지성과 건성이 있고, 자신이 어느 쪽에 속하는지 여성이라면 아마 처음 '세안제'를 사용할 무렵에 자연스레 알게 된다. 아주 드물게 성인이 되고 나서도 비누로 세안하는 사람이 있긴 하지만, 대부분의 여성은 10대 초반부터 세안제를 사용할 것이라고 생각한다. 그리고 지성피부인지 건성피부인지에 따라 세안제의 종류가 나눠져 있기 때문에 아직 열셋이나 열넷밖에 안 된 어린 아가씨들도 자신이 어느 쪽인지를 판단해야 한다.

나는 그 당시부터 지성이었다. 얼굴이 번들거렸고 여드름도 달고 살았다. 다 커서 세안제가 기본화장품 중 하나가 되고 스킨 로션이나 클렌징 크림까지 사 모으는 나이가 되고 나서도 내 피부는 여전히 지성이었다. 번들거리고 방심이라도 하면 여드름이 생겼다. 피부 분석을 해주는 화장품 매장에서 분석을 받아보니 역시 객관적인 판단으로도 '지성'이었다.

얼굴만 그런 게 아니라, 내가 몸 전체적으로 지성이라는 사실은 젊은 시절부터 자각하고 있었다. 현관에서 신발을 벗고 슬리퍼를 신지 않은 채 걸으면 발자국이 생기기 일쑤였다. 땀이 아니라 피지로 말이다.

서른 넘어서 안경을 쓰게 됐는데 이 안경도 한두 번 썼다 하면 금세 뿌예졌다. 기름기로 뿌예지는 것이다. 휴대전화도 상자를 이제 막 뜯었을 때만 멋지게 번쩍거리고 다음 날이면 이미 얼룩덜룩해져 있었다. 손기름 때문에 지문이 찍히는 것이다.

좋아하는 식재료가 육류고 좋아하는 조리법이 '튀기는 것'이기에 얼굴뿐만 아니라 온몸이 지성인 건 어쩔 수 없다고 늘 생각했다. 어쩔 수 없다며 두 손 두 발 다 들었으면서도 건성인 사람을 늘 동경했다. 처음으로 지성피부용 세안제를 사용한 열서넛 시절부터 이미 동경하고 있었다.

건성인 사람은 청결한 느낌을 준다. 그건 '느낌'에 그치지 않고 실제로도 청결할 것 같다. 옷깃에 피지 얼룩이 찍힐 일도 없고 안경이 뿌예지지도 않을뿐더러 휴대전화는 광택이 나는 상태를 유지하고 있지 않을까. 맨발로 걸어 다녀도 발자국이 찍히지 않을 테고, 여드름이 뭔지도 모르고 살 것 같다. 크로켓보다 콩비지를 좋아하지 않을까도 싶다. 그에 비해 나는 어쩌면 이렇게 기름에 찌든 인간일까. 그건 이미 열등감이기까지 했다. 하지만 그 열등감에서 벗어나려는 대책은 세우지 않았다. 어쩔 도리가 없는 일이지 않냐고 생각했다. 이렇게 기름을 사랑해 마지않으니 내 몸에서도 배어나오는 게 당연하지 않은가.

그런 나에게 '사건'이라고 불러도 될 만한 일이 벌어졌다.

나는 하룻밤도 거르지 않고 술을 즐기는데 아주 간혹 집에 와서 그대로 잠이 들어버릴 때가 있다. 몇 해 전까지만 해도 거실 바닥이나 현관에 널브러져 잤는데 요즘 들어서는 조금 학습한 결과, 입은 옷 그대로에 세수를 하지 않는 건 여전하지만 어떻게든 침대까지는 기어가서 잠을 자게 됐다.

그러던 며칠 전의 일이다.

화들짝 놀라서 일어나보니 아침이었다. 코트까지 껴입고 자고 있었다. 아아, 어제 또 씻을 준비를 하다가 잠시 누워 있자는 게 그길로 잠들어버린 모양이었다.

정신을 차리려고 양손으로 눈을 비볐다. 그때 피부 감촉이 뭔가 이상했다. 양손으로 뺨을 어루만졌다. 뭔가 이상했다. 퍼석퍼석했다. 그렇다기보다 가루가 묻어 있는 것 같았다. 앗, 이게 혹시 건조하다는 건가?

세면대로 갔다가 깜짝 놀랐다. 정말로 온 얼굴이 쩍쩍 갈라져 있었다. 눈 아래에 어제까지만 해도 없었던 물집 같은 주름이 뚜렷하게 자리 잡고 있어서 무엇보다 놀랐다.

이건 뭐지 싶어서 주름을 펴기도 하고 세수를 하고는 스킨 로션을 두드려 바르기도 했지만 사라지지 않았다. 얼굴의 까슬까슬한 느낌도 여전했다.

이건 어쩌면 내가 오랫동안 동경하던 '건성 피부'가 아닐까.

그런 생각이 들었지만 눈곱만큼도 기쁘지 않았다. 나는 내 피부 상태에 둔감해서 상태가 좋은지 나쁜지 여느 때는 아예 몰랐는데, 이때만큼은 '상태가 어마어마하게 나쁘다'는 사실을 알 수 있었다.

스킨 로션을 발라도 피부가 까칠했고, 보습제를 듬뿍 발라도 잠시 촉촉해진 것 같다가도 몇 십 분이 지나자 다시 퍼석퍼석해졌다. 그 퍼석함이 손이 건조할 때와 느낌이 비슷해서 조금도 청결하게도 상쾌하게도 느껴지지 않았다. 가장 서글펐던 것은 아마도 이 건조함 때문에 눈 아래에 봉긋한 물집이 두드러진 모습 그대로 정착한 듯 보인다는 사실이었다. 왠지 단번에 반늙은이가 된 것 같았다. 건조하면 주름이 생기기 쉽다는 사실을 그제야 깨달았다.

보습이라는 것을 나는 지금까지 우습게 보고 있었다. 누군가가 보습 크림을 권해서 사용하고는 있었지만 끈적거리기만 한다고 생각했다.

아이크림이라는 것을 받았을 때는 그 존재 의의를 찾지 못해서 쓰지도 않았다. 보습팩 또한 종종 받는데 이것도 전혀 건드리지 않아서 쌓여가기만 했다. 화장품 매장에 있던 예쁘장한 언니가 "뺨 주변이 건조한 것 같네요"라고 말하면 뭔가를 권하려는 구실이거나 립서비스겠거니 했다. 어쨌거나 저쨌거나 건성 피부는 감히 내 것으로 만들 수 없는 동경의 대상이라고 믿고 있었기 때문이다.

참으로 부끄러운 일이다.

마흔여덟을 2개월 남짓 남겨놓고 마침내 건성 피부도 그리 좋은 게 아니라는 사실을 알았다. 게다가 나이로 인한 건성은 특히 말이다. 친구가 가습기에 왜 그렇게 목을 매고 호텔 냉난방시설에 신경을 곤두세우는지 마침내 알았다. 나는 앞으로 그 동경하던 건성 피부에 접어들어서 보습과 윤기를 확보하기 위해 착실한 노력을 기울이기 시작하겠지.

언젠가 건성 피부가 되겠다던 사춘기 시절의 자신에게 이 사실을 알려준다면 분명 눈을 반짝이며 기뻐하지 않을까. 하여간 바보 같다니까.

변화의
속도

내면적인 것이 아니라 좀 더 외면적이고 구체적인 변화에 대해
서 쓰기 시작한 것은 2012년 여름이었다. 마흔다섯이던 나는 이
연재를 시작할 즈음에 극적인 신체적 변화를 예상하고 있었다. 예
상이라고 할까 거의 기대에 가까웠다. 그야 마흔다섯이 지나면 이
것저것 할 것 없이 빗발치다시피 찾아오는 변화를 어쩔 수 없이
겪어야 하지 않는가. 예를 들어 노안, 면역력 저하, 갱년기, 생활
습관병 등이 있다. 그런데 3년이 경과하려는 지금, 딱히 큰 변화
는 찾아오지 않았다. 해마다 건강검진을 받고 있지만 뭔가가 저하

되거나 상승되었다는 변화는 없다. 오히려 3년 전보다 요산 수치
도 콜레스테롤 수치도 낮아졌다. 굳이 말하자면 시력이 떨어졌고
4년 전에 존재를 확인한 자궁근종이 2~3센티미터 커졌다.

원래부터 웬만해선 감기에 걸리지 않았지만 지난 3년 동안에도
걸린 적이 없다. 독감에도 걸린 적이 없는 데다 로타바이러스도
노로바이러스와도 무연하게 지냈다. 충치도 생기지 않았고 꽃가
루 알레르기도 없었다.

그런데 어째서인지 허리와 관련된 문제만 자꾸 발생했다. 3년
전에는 허리를 삐끗했고 2년 전에는 계단에서 미끄러지는 바람에
타박상을 입은 데다, 1년 전에는 산에서 굴러 엉치뼈가 부러졌다.
이 허리 문제와 나이는 과연 관계가 있을까.

하지만 질병에서 벗어나서 따져보면 확실히 변화를 실감하는
때가 많다. 하나같이 사소한 것들이다. 흰머리가 점점 는다든지
피부가 건조해진다든지 말이다. 하지만 내가 가장 서글프게 생각
하는 것은 역시 체형의 변화이다.

서른 후반에 '체형이 바뀌었다'고 실감한 때가 있었다. 나잇살
이 붙었다든지 살이 쪄졌다는 게 아니라 '형태가 변했다'고밖에 형
용할 수 없는 변화였다. 그때까지 입었던 옷이 노골적으로 어울리
지 않았다. 하지만 이때 모 잡지사의 기획으로 반년간 다이어트를

해서 6킬로그램을 감량한 후 체형은 아주 조금 원상태로 돌아왔다. 아니, 이번에는 옷 사이즈가 줄었기 때문에 예전으로 돌아왔다기보다 또 변했다고 표현하는 편이 타당할지도 모른다. 그리고 마흔 중반을 지나자 이번에는 그 무렵의 변화는 들이댈 수준도 안 된다고 웃음이 나올 만큼 크게 달라졌다. 팔뚝이 굵어지고 배가 불룩하니 튀어나온 것이 말 그대로 나도 아주 잘 아는 '아줌마 몸매'였다. 10년 전을 능가해서 완벽한 아줌마 몸매가 되었다. 나는 나이를 부정하지 않겠다고 노상 호언장담해왔지만 이 체형을 받아들여야 할지 말아야 할지 실은 고심 중이다. 받아들이지 않겠다면 노력이 무척이나 필요한 무언가를 시작해야 하겠지만 말이다.

그리고 한 가지 더. 변화 중에서 가장 사소한 변화가 일어났다. 너무 사소해서 남들에게 이야기를 꺼내기도 뭣하다. 그래서 다들 나이가 들면 그렇게 되는 법인지, 아니면 나만의 개인적인 문제인지 확인할 방도가 없다. 물어보고 싶지만 물을 수가 없다. 그래서 용기를 가지고 이곳에 쓰자면 '먹을 때 지저분해졌다(는 느낌이 드)는 것'이다.

바로 2~3년 전부터 무언가를 먹을 때 위화감이 느껴졌다. 국을 마실 때도 샐러드를 먹을 때도 고기를 먹을 때도 그렇지만, 입에 넣을 때 나의 감각과 실제 상황에 차이가 존재했다. 국을 입가로 흘리거나 샐러드 안의 당근을 입에서 툭 떨어뜨리거나 육즙을 흘리기도 한다. 하지만 숟가락도 젓가락도 요리도 예전과 다를 바 없이 입에 제대로 옮기고 있다는 감각밖에 들지 않기 때문에 의아한 생각이 들었다. 어째서 흘리는 걸까. 화들짝 놀라서 냅킨이나 티슈로 당장에 입가를 닦는다. 궁금증이 소용돌이쳤다. 예전에는 이런 이유로 냅킨도 티슈도 사용하지 않았다.

기분 탓이라고 생각하려 했지만 작년쯤에 포기했다.

기분 탓이라기에는 빈도가 너무 잦았기 때문이다. 입 주변의 근육이 저하되었거나 반사 신경이 둔해졌거나 입이 생각처럼 벌어지지 않는다거나, 이유는 잘 모르겠지만 음식을 먹을 때 서툴러지고 지저분해지는 것은 나에게 있어서 나이를 먹으면서 생긴 한 가지 현상이다.

그러고 보니 식후에 이쑤시개를 사용하거나 사용하지 않을 때면 쯥쯥 소리를 내는 사람이 있는데, 그건 백이면 백 중년 이상이다. 나는 그것을 이제껏 부끄러움이라는 개념이 저하되면서 나오는 행동이라고 생각했다. 하지만 아니지 않을까. 그런 정신적인 문제가 아니라 무언가를 먹는 데 서툴러진다든지 윗니와 아랫니가 잘 맞물리지 않는다든지, 즉 역시 나이로 인한 것이 아닐까. 부

*끄*러움을 모르는 사람들이 하는 행동이라고 생각했던 나도 참 어렸구나 싶어서 왠지 모르게 감회가 깊다.

지저분해지지 않도록 흘리지 않도록 식사를 할 때면 신중을 기하지만 혼자일 때는 역시 여전히 이 서투름에 익숙해지지 못한 채 번번이 놀라고 있다.

3년 동안 있었던 가장 큰 변화가 체형과 먹는 방식인가.

두 가지 모두 나에게는 중요한 문제라지만 실은 정말이지 사소하다. 물론 개인차는 존재하겠지만 나이를 먹어가는 과정은 내가 생각하는 것보다도 훨씬 더디게 진행됐다. 이 사실에 조금 놀랐다. 아니, 반년 후에 이것저것 할 것 없이 요란한 변화를 단번에, 부득이하게 겪게 될지도 모르지만 말이다.

손꼽아
기다리지는 않건만

생리가 끝나는 것은 노인이 되고 나서라고 어째서인지 믿어 의심치 않고 있었다. 일흔이 가까워졌을 때야 끝난다고 생각했던 것이다. 그래서 폐경 연령이 평균 50세라는 사실을 알았을 때는 놀랐다. 그렇게 빨랐단 말인가! 아니 그렇다면 나도 이제 머지않았다는 것 아닌가.

나는 생리에 대해서 이제껏 깊이 생각한 적이 없었다. 있다고 한다면 귀찮다는 정도였다. 처음으로 생리를 하고 나서부터 생리통이라는 것을 겪은 적도 줄곧 없다. 전조―지금은 월경전증후군

(PMS)이라고 하는 모양이다—랄 것도 전혀 없었다. 정말로 아무 것도 없거나 너무 둔감해서 감지하지 못하기 때문에 생리 중이라는 사실을 잊어버리기 일쑤였다. 외출해서는 생리 용품을 챙기지 않았다는 사실을 알고 다급히 드러그스토어나 편의점에 갔던 적도 자주 있다. 10대 무렵부터 그랬기 때문에 이젠 웬만해서는 익숙해져야 하지 않냐고 나 스스로도 생각한다. 30년 이상이나 치러 온 월례 행사인데 여전히 생리 용품을 깜박하고 챙겨 다니질 않는 건 무슨 정신인가 싶다.

그렇기 때문에 생리가 끝난다는 사실과 나도 그 나이대에 해당된다는 사실을 알아도 놀라기는 했지만 별 다른 느낌은 없었다. 10대 때 감수성이 풍부한 친구가 "난 어른이 돼서도 애는 낳지 않을 거야. 그런데도 달마다 생리가 착실하게 찾아오니 왠지 공허해"라고 말한 적이 있어서 화들짝 놀랐다. 생리라는 현상이랄까, 시스템이랄까 그런 것에 무언가 생각하는 바가 있다니 대단하다고 그 친구의 감성을 존경했다. 그 친구가 그 감성을 그대로 가지고 어른이 됐는지 되지 않았는지, 혹은 그때 했던 말대로 아이를 낳지 않았는지 낳았는지는 모르지만 폐경을 맞이할 때도 감정적으로 섬세해지는 사람이 분명 있으리라고 생각한다.

생리를 하고 있다는 사실을 잊을 정도지만 매달 갑자기 찾아와서 놀란다든지 곤란했던 적은 없다. 주기가 기계처럼 일정하니 그 날이 되면 슬슬 시작하겠다고 아는 것이다. 예전에 스트레스에 엄청 시달렸을 때 그 탓인지 딱 멈춘 적은 있지만 그게 다다.

하지만 그 기계가 올해 들어서 처음으로 어긋났다. 생리가 찾아오지 않았다. 반드시 찾아오는 날인데 오지 않았다. 이건 고민이라든지 스트레스 때문이 아니라고 본능적으로 알 수 있었다.

아아, 드디어, 이게 그거구나 싶었다. 생리가 끝났구나. 저런. 이제 안 하는 건가. 그쯤 생각했다. 그런데 어이없게도 한 달이나 늦게 시작됐다. 이쪽으로서는 뭘 이제 와서 새삼스럽게 하냐는 기분이었다. 나가놓고서는 왜 다시 찾아왔냐는 그런 기분이었다.

나는 이 연재가 시작되고서 줄곧 갱년기가 언제 찾아올지를 반복해서 쓰고 있다. 지나친 두려움에 차라리 빨리 찾아왔으면 좋겠다는 생각마저 하고 있다. 그러던 중 처음으로 생리 불순을 경험하자 부인과에 가보자는 생각이 들었다.

부인과에는 갱년기에 접어들었는지를 알 수 있는 혈액 검사가 있다고 한다. 그걸 받아보자 싶었던 것이다. 혈액 검사라면 분명 수치가 나와서 확실히 알 수 있겠지.

용감하게 병원에 찾아가서 "어디가 불편하신가요?"라고 묻는 의사에게 갱년기인지 아닌지를 알 수 있는 혈액 검사를 받고 싶다는 뜻을 전했다.

"그런 증상이 있으신가요? 울컥한다든지 짜증이 난다든지요" 라는 질문에 "생리가 한 번 많이 늦어졌어요"라고 당당하게 답하자 의사가 멍한 얼굴로 나를 쳐다봤다.

단순히 그 일 때문에 검사를 받으러 왔냐고 그 얼굴에 쓰여 있었다. 그리고 그 검사에 대한 설명을 시작했다. 폐경이 가까워지면 난소의 기능이 저하되어 여성 호르몬이 감소한다. 이 감소 수치가 두드러지는 경우에는 폐경에 가까워졌거나 폐경이다. 또한 난소를 지키는 무슨무슨 역할을 담당하는 부분이 지금도 활동을 하는지 어떤지를 알 수 있는 항목이 있는데, 이게 높은 수치를 나타내면 폐경이라고 한다.

설명을 끝내고 의사가 말을 덧붙였다.

"생리가 한 번 늦어졌다고 해서 바로 폐경인 경우는 없습니다. 몇 달씩 늦어지는 불규칙한 상태가 몇 개월에서 몇 년이나 이어지고 나서 폐경이 됩니다. 그러니 환자분의 이야기를 듣는 한 검사를 하더라도……"라고 말하며 곤란한 듯이 나를 쳐다봤다.

몇 개월에서 몇 년씩이나…… 나는 의사의 말에 충격을 받았다. 이런 미심쩍은 상태가 몇 년씩이나 지속될 줄이야.

그렇다면 분명, 아무 증상도 없는데 한 번 생리가 늦어졌다고 갱년기 검사를 받는 건 오버스러운 일이겠지.

어쩌면 많은 사람들이 '아직이야, 아직 멀었어'라고 생각하면서 살고 있을지도 모른다고, 그때야 비로소 깨달았다. 너무 무서워서 언제부터 시작될지 가슴을 졸였을 뿐인데 이래서는 마치 "헤이, 컴온!" 하고 두 팔 벌려 맞이하러 간 꼴이지 않은가. "선생님 아직인가요? 저기 아직 멀었나요?" 하고 재촉하러 온 것 같지 않은가. 갑자기 창피스러워졌지만 기껏 제 발로 찾아왔으니 피 검사를 받아보기로 했다.

사흘 후에 검사 결과를 들으러 갔다. 여전히 여성 호르몬도 감소되지 않았고 난소를 지켜주는 뭐시기도 완벽하게 정상 수치인 모양이었다.

나는 이 검사를 받으면 갱년기도 몇 퍼센트라는 식으로 상세히 알 수 있다고 내 멋대로 생각했다. 그렇지 않고 생각보다 단순한 검사였다. '정상'이라는 결과를 들은 어떤 수치를 예로 들자면 나는 100 이상이었는데 폐경을 맞이하면 이게 한 자리 수까지 내려간다고 한다.

1분도 채 지나지 않아서 설명이 끝났고 진찰실이 고요해졌다.

인사를 하고 나는 방을 나섰다. 왠지 정말로 사랑스러운 무언가를 손꼽아 기다리다 참지 못해 부르러 온 듯한 심정으로 왔다가 계산을 마치고 힘없이 터벅터벅 집으로 돌아왔다.

에필로그

2015년, 나는 두 번 넘어졌다. 두 번 다 술을 걸친 상태였지만 술에 취해서 넘어진 건 아니었다. 애초에 그렇게까지 술에 진탕 취해도 넘어진 적이 한 번도 없었다. 하지만 넘어졌다.

첫 번째 때는 얼굴을 세게 박아서 눈 위에 어마어마한 혹이 생겼다. 이 혹이 가라앉으면서 눈 주위가 점차 적자색을 띠었다. 혹은 내출혈한 피가 고여서 생기는 것으로, 그 피가 아래로 내려가면 혹이 가라앉는 모양이었다.

얼굴이 무시무시해졌다. 다른 곳은 멀쩡한데 눈 주변만 부어서 넘어졌다기보다 어찌 봐도 누군가에게 얻어터진 꼴이었다. 친구나 지인을 만날 때면 깜짝 놀라 입을 다무는 사람과 "얼굴이 어쩌다 이 지경이 됐어?"라고 입을 떼자마자 묻는 사람, 이렇게 두 패턴이 명확하게 나눠져 있어서 흥미진진했다. 묻고 싶어도 차마 묻지 못하는 전자에게는 취해서 넘어졌다고 이쪽에서 한 발 앞서 설명하는 편이 서로의 마음이 편해진다는 사실도 배웠다.

이 멍이 일주일이 지나도 사라지지 않아서 어떻게든 조치를 취해주지 않을까 싶은 마음에 병원을 찾았다. 이때 처음 알게 된 사실인데, 얼굴에 입는 이런 부상은 정형외과가 아니라 성형외과에서 진찰해주는 모양이다. 이때 내가 찾아갔던 성형외과에서는 몇 분의 문진 끝에 "한 달은 가겠네요"라고 말하더니 진찰을 끝냈다. 그날 나는 그길로 안경점에 가서 난생 처음으로 선글라스를 샀다. 나를 위해서라기보다 나를 만나는 타인을 위해서였다. 갑자기 생긴 눈 주변의 시퍼런 멍이라는 것은 타인에게 그만큼 겁을 준다는 사실을 실감했다.

그건 그렇고 선글라스는 익숙하지 않으면 이렇게나 불편한 것이라는 사실을 통감했다. 시야가 어둡고 잘 보이지 않았다. 그리고 이건 자의식의 문제겠지만 '멋을 부리는 걸로 보이면 어쩌지' 하는 마음이 늘 따라다녔다.

멍이 사라진 4개월 후, 나는 다시 넘어졌다. 이때도 술을 걸친 상태였지만, 전처럼 진탕 마시지는 않았다. 아마도 저번 일의 전철은 밟고 싶지 않다며 제 딴에 방어를 했는지 얼굴은 박지 않고 무릎과 손바닥이 쓸려서 가볍게 피가 나는 정도로 그쳤다.

넘어지고 나서 엿새 후, 해마다 나가는 마라톤 대회에 나가 빗속에서 42.195킬로미터를 간신히 완주했다. 넘어진 일은 까맣게 잊고 있었다. 마라톤 대회가 열린 그다음 날, 모 출판사에서 자저에 사인을 하고 있었다. 신간 홍보를 위한 사인본 작업이었다. 사인을 하는 도중에 손목이 몹시 아팠다. 마비될 정도로 아팠다. 하지만 도중에 그만두면 다시 출판사에 와서 계속해서 사인을 해야 했다. 그것도 번거로운 일이기에 결국 준비된 모든 책에 사인을 한다.

그 이튿날, 손목이 말도 안 나올 만큼 아팠다. 키보드를 치는 것도 버거울 정도였다. 어쩔 수 없이 병원행이구나 싶었다. 이번에는 정형외과였다. 뢴트겐 촬영 후, 손목 척골에 금이 갔다는 진단을 받고 깁스를 하게 되었다. 병원 측에서 바삐 깁스 준비를 하는 와중에 '말도 안 돼', '설마 그럴 리가 없잖아', '사인만 했는데?' 하고 정신없이 생각하다가 짚이는 구석이 있었다. 그러고 보니 넘어졌었다. 넘어지고 방치한 상태에서 풀마라톤을 뛰고 수많은 책에 사인을 했다는 일련의 흐름이 떠올랐다. 오싹하게도 나는 정작 제일 중요한 '넘어졌다는 사실'을 까맣게 잊고 있었다.

손목의 자그마한 뼈에 입은 부상이니 오른팔 팔꿈치 아래 전체에 깁스를 하는 건 유별나 보이겠지만 어쨌거나 고정해두지 않으면 손목을 무의식적으로 사용해서 낫지 않는다고 의사가 말했다. 요즘 깁스는 석고가 아니라 플라스틱이라는 사실을 처음 알았다.

일주일에 한 번, 이 깁스를 풀고 진찰을 받았다. 오늘이야말로 깁스에서 해방되겠구나 기대하고 있으면 다시 깁스를 하게 했다. 그러기를 두 번 반복하고 3주째에 접어들자 마침내 깁스에서 붕대로 갈아탔다. 오른팔의 굵기가 왼팔의 3분의 2가 되어 있어서 화들짝 놀랐다.

이 두 사건이 에세이 연재가 끝난 후, 내 몸에 일어난 일이다. 또 외상만 입었다. 하지만 외상을 입으면서도 나는 사무치게 생각했다. 이게 바로 실로 명확한 변화가 아닌가 하고.

'나'라는 사람을 담는 그릇인 몸에 대해 연재하던 중, 나는 좀 더 극적이면서도 내적인 변화를 두려워하면서도 기대했다. 하지만 '이제껏 전혀 겪어보지 못했던' 넘어지는 상황을 두 번 겪은 것이 이미 큰 변화였다.

요 몇 해 동안, 내 주위에서 넘어졌다는 친구가 어째서인지 많다. 심한 경우에는 골절해서 입원한 사람도 있다. 봉합 수술이 필요했던 사람도 있다. 나는 다행히도 입원이나 수술이 필요하지 않은 가벼운 부상으로 끝났다. 그래서 단순히 넘어졌다는, 사소하고 꼴사나운 기억으로만 남아 있다. 이 나이가 됐기 때문에 넘어졌다고는 생각하지 않는다. 하지만 넘어진 친구들이 하나같이 동세대라는 사실을 생각하면 이건 쉰 전후로 나타나는 '젊을 적에는 없었던 징후' 중 하나인 모양이다.

변화는 천천히 일어난다. 그 변화를 인정하고 싶지 않은 경우도 있을 테고, 나이와 결부시켜서 생각할 수밖에 없을 때도 분명 있을 것이다. 그만큼 내 나이가 쌓이는 방식과 '나의 그릇'을 사용한 세월 사이에는 차이가 존재한다고 최근 들어 몸소 알게 되었다. 내가 생각하기에는 그다지 낡지 않았는데 몸은 내 생각과 다르게 세월을 정직하게 받아들이고 있다.

20대 무렵에는 내가 쉰이 되리라고 생각지도 못했다. 그때와는 전혀 다른 마음가짐으로, 머지않아 쉰을 맞이할 나는 어엿한 60대와 70대가 될 수 있을지 생각해본다. 될 수 있기를 바란다.

앞으로 무슨 일이 일어날지 모른다. 그 나이를 맞이하지 못할 가능성도 있다. 우리 아버지나 친척, 친구들은 예순도 채우지 못한 채 세상을 떠났다. 그런 생각을 하면 내심 두려워진다. 10년 전보다 훨씬 두렵다. 이것 또한 의식하고 있지는 않지만 명백한 변화다.

하지만 그런 생각만 계속할 수도 없는 노릇이다. 다음 생일이 찾아올 때까지 하루하루를 보내는 수밖에 없다. 뭐는 나이 탓이고 뭐는 아니라고 마냥 따지지만 말고 흰머리를 염색하거나 넘어지지 않도록 신경을 쓰기도 하고, 자신에게 찾아온 변화에 아연실색하거나 무심히 지나치기도 하면서 나를 담는 그릇인 몸과 더불어 앞으로 나아가는 수밖에 없다.

わたしの容れもの